I0634502

Der Autor:

Bruno Küttel, geboren 1957 in Gersau, im Herzen der Schweiz, ist Rechtsanwalt und Vater von zwei Söhnen. Er lebt mit seiner Frau in Siebnen, in der Region Oberer Zürichsee. Der Ben im Buch ist sein Alter Ego. Der Autor selber sagt: «Meine Bücher sollen Mutmacher sein für Menschen, die eigene Wege gehen. Ich weiss, wovon ich rede. Ich habe selbst um Mut gerungen.» Bruno Küttel meint den Mut, den es braucht, um sein Innerstes in die Welt hinauszutragen, damit es Wunder wirke. Im März 2015 erschien sein erstes Buch «Vater ist ein Träumer». «Erde an Scotty» ist sein zweites. Der Autor betreibt auch einen Blog (www.bküttel.ch), auf dem er Geschichten erzählt, die ihm das Leben schreibt.

Erde an Scotty

Bruno Küttel

© Bruno Küttel
www.bküttel.ch

Alien invasion © crisagperez – Fotolia.com
Coverdesign: Wortfeger Media GmbH

Herausgegeben
Wortfeger Media GmbH, wortfeger.ch

Juni 2015

ISBN 978-3-906095-67-7

Herstellung: BoD – Books on Demand, Norderstedt
Die Deutsche und Schweizer Nationalbibliotheken verzeichnen
diese Publikation in der Nationalbibliografie; detaillierte
bibliografische Daten sind im Internet über
www.dnb.de und www.nb.admin.ch abrufbar.

Dieses Buch widme ich Maren, die eigentlich ...
Aber Maren sage selber, wie sie wirklich heisst, wenn
sie es sagen will.

«Was vor uns liegt und was hinter uns liegt, sind Kleinigkeiten im Vergleich zu dem, was in uns liegt, und wenn wir das, was in uns liegt, in die Welt hinaustragen, geschehen Wunder.»
(Henry David Thoreau)

Prolog

AW: Kunst

Hallo Maren, nein, sie ist nicht da am Geburtstag. Wir feiern, wenn sie zurückkommt. Sie ist auch per Handy nicht zu erreichen. Ihr Handy tut es nicht in Kanada, wie sie überrascht zur Kenntnis nehmen musste.

Gut, dass du an die Ausstellung in Freiburg erinnerst. Im Fernsehen sah ich einen Bericht darüber und dachte, ... und dann hatte ich es schon wieder vergessen. Wäre das wieder einmal etwas für einen Ausflug für uns? Rosa, du, ich, und vielleicht hat auch Lena Lust? Es muss ja nicht immer der «Balsam» sein oder ein ähnliches Kaliber. Überhaupt habe ich das Gefühl, es ginge für mich immer mehr um die Künstler. Das Geistig-Schamanische ist in der Kunst dabei. Oft spielt es bei den Künstlerinnen und Künstlern eine zentrale Rolle, nur nehmen es viele nicht wahr.

Beuys zum Beispiel war ein Schamane durch und durch, Hundertwasser auch. Oder wenn ich an die Feuer- und Sprengaktionen von Tinguely und Niki de Saint Phalle denke. Das waren Rituale mit Kraft. Sprengen in der Wüste Nevada! Wilhelm Reich hat in den Wüsten seine Regenkanone installiert. Auch Reich war ein Künstler, auch wenn er es Wissenschaft nannte.

Tinguely war übrigens für seine Frau «der Drache». Im Film kannst du es sehen, im Film, den ich dir empfahl. Den Drachen meine ich, den Jean Tinguely tanzt. – Mir fallen die Drachenkräfte ein, von denen die Geomanten reden und die sie in der Erde erspüren. – Oder nehmen wir den Luginbühl mit seinen Stahlskulpturen, er kommt im Film auch vor. Oder den Bruno Weber in Dietikon und seinen Fabel-haften Park, den ich noch nicht gesehen habe, aber bald besuchen will. Mein Steuerberater hat sein Geschäft in Dietikon. Ist es nicht sinnig und stimmig, dass ich immer wieder, wenn ich mit den Steuersachen zu tun habe, mich an den Künstler Weber erinnere, wie auch an seine Kunst? – Der Weber und der Spinner?! Ich meine den Lebensfaden.

Jetzt lese ich «Schweiz Aktuell» bei dir, beim Wiederlesen. Natürlich, das war es, was ich sah. Also gestern war das, erst gestern? Im Fernsehen gestern, sagst du? So schnell geht es mit dem Vergessen. Und gut, dass du mich daran erinnerst.

Und Gunst gegen Sinnlosigkeit?, stellst du die Frage. – Ja, schon, aber zugleich auch gegen den Sinn und für die Unvernunft. Herrlich unvernünftig! Der Nana-Engel am Zürcher Bahnhofsdach ist alles andere als vernünftig. Er lässt träumen und lässt staunen. – Gunst schrieb ich statt Kunst, wie ich beim Wiederlesen erkenne. Also Gunst, günstig, gönnen! Also gönnen wir uns die Kunst!

Ich wünsche dir einen schönen Abend. Jetzt gehe ich eine Runde joggen.

Herzliche Grüsse
Ben

AW: Kunst

Hallo Ben, ja, gönnen wir uns die Kunst und nutzen die Gunst der Stunde. Ein jeder auf seine Art, eine jede auf ihre Weise ...

1.

Letzte Geheimnisse

Betreff: Systemaufstellung

Hallo Rosa & Ben, unser gemeinsamer Freund Ivan der Schr...che hat sich gemeldet, mit seinem Seminarangebot. Ganz im gewohnten Stil! Schaut selbst.

Ein lieber Gruss

Maren

AW: Systemaufstellung

Liebe Maren, danke für deine Info ... Weisst du, was jetzt gerade geschah? Da wollte ich mich über den Macht-Pracht-Fetzen mit Namen Ivan auslassen – ich hatte mich schon darüber ausgelassen und dir gesagt, dass es wohl genügt, ein wenig an ihn zu denken und sich gelegentlich eine Scheibe von seinem absolut unerschütterlichen Selbstbewusstsein abzuschneiden, dass drei ganze Tage Ivan aber eindeutig zu viel des Guten wären – und dann wollte ich mich noch erkundigen, wie es dir ansonsten geht, und in diesem Moment verschwand der schöne Text rätselhafterweise im unbekannten Universum meines PCs ... Es gibt noch Geheimnisse zu ergründen.

Herzliche Grüsse

Ben

Betreff: Letzte Geheimnisse

Hallo Ben, tatsächlich birgt der Äther noch die letzten Geheimnisse dieser Welt, in der es fast keine Geheimnisse mehr gibt. Alles wird ausgestellt: Beziehungskrise, Rechtsstreit, Seelenstriptease, Reality pur!

Doch was ist die Realität? Der Äther birgt genau so viel Realität wie die Träume. Die scheinbar parallelen Welten sind eine. Keine ist vorzuziehen, deshalb bin ich froh, dass auch mir die virtuelle Welt – von welcher ich wenig verstehe – ab und zu einen Streich spielt. So beweist sie mir immer wieder – in dieser Zeit, wo alles bewiesen werden muss! –, dass es sie gibt. – Quod erat demonstrandum!, wie die Lateinerin sagt.

Aber worüber habe ich mich da gerade ausgelassen? Schreibanfall? Scheinbar gedankenlos? – Aha, über die verschiedenen Welten. Stein des Anstosses war dein «Rencontre» mit der virtuellen Welt. «Rencontres» sind Begegnungen. Eine schlichte Begegnung mit der virtuellen Welt löst eine Erfahrung aus. Eine Erfahrung erzählst du weiter. Mit dem Erzählen entsteht eine Geschichte. Begegnungen bergen Geschichten, immer und überall. Auch im All. Auch Begegnungen mit dem All.

So wären wir wieder beim Universum, womit der Kreis sich schliesst. Und Ivan steht jetzt draussen, ausserhalb des Kreises.

Herzliche Grüsse

Maren

AW: Letzte Geheimnisse

Recht so, Maren! Machen wir uns Mut, was das Geschichtenspinnen anbelangt ... Und schon wieder ist es geschehen, wie gestern. Ich schrieb von Ivan, diesem K...brocken, und stellte rhetorisch die Frage, was es uns denn kümmern muss, wo dieser steht, *im* Kreis oder draussen. In diesem Moment erwischte mein kleiner Finger rechts unten eine falsche Taste – oder eigentlich genau die richtige – und alles bis zurück zum Geschichtenspinnen war weg. Das Rätsel spielt weiter mit. Lassen wir also den Ivan bleiben, wo er ist. Wertvoll ist für mich, dass du mich an den Kreis erinnerst.

Ich meine einen ganz bestimmten Kreis, in dem wir beide waren. Weisst du, was ich meine, damals bei den Mindells? Du hast Rosa und mich dort in den Kreis geführt. Mit leichtem Schaudern erinnere ich mich an den Moment, als ich aus dem Traum erwachte und allein in der Mitte stand. Wie hast du das erlebt?

Ich habe das Gefühl, es nahe der Moment, auf den mich die Erfahrung von damals vorbereitet hat.

Zum Thema «Aufstellung» noch etwas: Aufstellung ist doch eigentlich immer und eigentlich überall, für die, die es sehen und spüren. Ich bin immer wieder gern ein Teil von *deiner* Aufstellung, und ich bin auch froh, dass du immer wieder einmal ein Teil von *meiner* Aufstellung bist. Aufstellung ohne Therapeuten ist spannend, ist wie das Leben, ist freie Wildbahn statt Zoo. So gesehen kommt es dann nicht darauf an, wo die Therapeuten, Lehrerinnen, Meisterinnen, Priester und Schamanen ihre Plätze haben, *im* Kreis oder draussen, sie gehören zur Aufstellung dazu.

Ich grüsse dich herzlich
Ben

Betreff: Die letzten Geheimnisse

Hallo Ben, ja der Kreis bei den Mindells, wie habe ich den erlebt? – Ich muss vielleicht noch sagen, dass ich bei solchen Anlässen eher in mich zurückgezogen bin und deshalb oft nicht wahrnehme, was rundherum geschieht. Ich habe an diesem Seminar aber jemanden kennengelernt, der Thomas *Vogel* hiess und der kein Englisch verstand. So habe ich ihm übersetzt. Das war eine interessante Erfahrung. Ich merkte dabei, dass das Übersetzen ein anderes Bewusstsein ist als das, mit welchem ich sonst an solchen Seminaren bin. Ich hüpfte zwischen den Welten.

Zu dieser Kreisgeschichte habe ich zwei, drei Sachen noch: Ich war zurück auf meinem Stuhl und schaute mich um nach dir. Ich sah dich von hinten, wie du mit deinen Armen, wie ein Adler mit seinen weiten Schwingen, schlugst. Mir kam dann grad ein Lied in den Sinn, das wir bei schamanischen Anlässen singen, vielleicht kennst du es auch:

We circle around, we circle around
The boundaries of the earth
We circle around, we circle around
The boundaries of the earth
Wearing our long wing feathers as we fly
Wearing our long wing feathers as we fly
We circle around, we circle around
The boundaries of the sky

Das war spannend! Du hast da vorne den Adler verkörpert, und ich habe dem Vogel neben mir übersetzt. Mehr kann ich dazu nicht sagen.

Oder doch, vielleicht noch eines: Auch der Adler hat seinen Platz in der Aufstellung der Menschen. Er hat die Aussensicht. Immer wieder brauchen wir eine Aussensicht – ob unsere eigene oder die eines Freundes –, um das Innere zu sehen. Danke für den Austausch.

Herzliche Grüsse

Maren

Betreff: Übersetzerin, Adler, Mann und Frau

Liebe Maren, danke für deine offenen und so persönlichen Worte. Was du sagst, ist mir viel wert, ich lasse es gerne wirken. Die Rolle des Übersetzers spiele ich selbst auch immer wieder. Zuerst in meinem Beruf als Anwalt, wenn es darum geht, das Juristische auszudeutschen, und dann auch beim Erzählen, wo ich Welten verbinde, die unverbindbar scheinen.

Und ja, der Adler. Das war auch mein persönliches Empfinden. Aus dem Baum wuchsen Äste, die zu Flügeln wurden und mich abheben liessen. «Flugjahre», meine Geschichte. Wie es doch wieder passt, dass dein Partner im Kreis von damals Vogel hiess! Und dann noch ein Thomas, dem man nachsagt, ein Ungläubiger zu sein.

Und die Mindells, Amy und Arny. Das war wunderbar, ich habe es genossen. So viel Achtung, Wertschätzung und Respekt! Sie weckten in mir den Traum, den ich selber gern mit Rosa wahrmachen möchte. Es gelingt nicht immer, aber gut, dass du mich daran erinnerst.

Übrigens: Fällt dir auch etwas bei Arny und Amy, bei ihren Namen, auf? Ein winzig kleiner Zwischenraum zwischen Arnys r und n. Es fehlt nicht viel, nur eine kleine Brücke, und schon wird Amy daraus.

Liebe Grüsse und nochmals herzlichen Dank, aus hoher Höhe, wo der Adler seine Kreise zieht.

Ben

PS: Dann lese ich deine Mail nochmals und stelle fest, dass du den *Vogel* schon kursiv setztest. Also wenig Neues von mir. Schön war's trotzdem, mit dir zu kommunizieren. – Karl Valentin fällt mir noch ein, das Münchner Urgestein aus dem letzten Jahrhundert, der so komisch war und weise im Spiel mit Liesl Karlstadt. Der besagte Valentin hat also einmal gesagt: «Es ist alles schon gesagt, nur noch nicht von mir.» Oder vielleicht auch ein bisschen anders: «Es ist alles schon gesagt, nur noch nicht von allen.»

2.

Seelenverbündete

Betreff: Vögel

Hallo Ben, «Wer fliegen will, muss auf dem Boden bleiben», lese ich heute Mittag in der Werbung der Eintracht Frankfurt. Am Nachmittag ruft mich mein geschätzter Freund und Seelenverbündeter Horst an, der in Frankfurt an der Adlerstrasse wohnt. Auch Gedanken können fliegen!

Liebe Grüsse und einen schönen Abend!

Maren

AW: Vögel

Hallo Maren, ich freue mich, von dir zu hören – zu lesen natürlich. Und dass du gerade gestern an mich dachtest! Das war ein besonderer Tag. Intensiv, Hochspannung! Es hatte mit Fliegen zu tun. Ich erhielt ein erstes Echo von Piper in München. Sie bitten mich um Geduld. Mein Manuskript sei in Prüfung im Lektorat. Es muss nicht viel bedeuten, aber es kann. Und wie du weisst, bin ich auch in eigener Sache mit meiner Fantasie recht kreativ. So sage ich mir, dass sich ein Verlag auf mein Nachfragen hin nicht melden muss, wenn er sich den Autor nicht wenigstens warmhalten möchte.

Da mein Manuskript in der neusten Fassung – letzte Überarbeitung im Mai – nicht mehr das ist, was ich im Januar schickte, ging gestern eine neue Sendung an den

Verlag. Ich bot meine neuste Fassung an, die erst wieder bearbeitet wird, wenn es ans Lektorieren geht. Das Wichtigste am gestrigen Tag war vielleicht das, was ich mit den folgenden Sätzen im Brief an Piper sagte: «... Das Verhältnis zwischen dem Autor und seinem Helden hat sich definitiv geklärt. Der Autor ist der geworden, von dem die Geschichte handelt. Nicht 70 Jahre alt – so weit gehe ich nicht mit dem Assimilieren –, aber einer, der dreht und dreht und dreht, um nichts als um die Mitte, und der dabei erkennt, dass ihm das Erzählen Freude macht. Oder wenn ich es anders sage: Mein Held ist ein Schriftsteller geworden, es fehlt ihm bloss noch das Buch.»

Fliegen, Eintracht, Adlerhorst, es passt perfekt zusammen. «Ein grosses Team am Werk, auch wenn ich alleine an meinem PC sitze.» Das sind meines Helden Worte, die er in «Flugjahre» sagt. Dass du kräftig mitwirkst im Team, habe ich schon gewusst. Trotzdem ist es wunderbar, dein Wirken, Wort um Wort, lesend vor mir zu sehen. Und dass das Team auch Verbündete in Frankfurt hat, gefällt mir besonders gut. Da will ich hin. Da stehen die «Heiligen Hallen», wo es Jahr für Jahr im Herbst um nichts als Bücher geht. Auf dass es bald gelinge!

Apropos Team: Du warst ja Fussballerin in deinen jungen Jahren. Libero, den es nicht mehr gibt? War das deine Position? Mir selbst geht es im Moment wie einem Torhüter, der lange Zeit seinen Kasten sauber hielt. Ab und zu spürte er einen leisen Drang nach vorne, aber er hatte hinten seine Aufgabe zu erfüllen. Gelegentlich brillierte er mit einer gekonnten Parade, oder er bewahrte seine Mannschaft vor dem Absturz, immer gelang es ihm nicht. Dann war er auch hin und wieder der Buhmann. Nun aber kommt die Zeit, wo aus dem Torwart ein Mittelstürmer wird. Eine ziemlich spezielle Karriere!

Und was die Eintracht Frankfurt zum Fliegen sagt, noch meine bescheidene Meinung: Vom Fussball verstehe ich wenig, ich halte aber trotzdem entgegen, dass abheben muss, wer wirklich fliegen will – als Schwalbe doch zumindest.

Wie du siehst, gelingt es dir schon wieder, mich zum Fliegen zu bringen.

Ich grüsse dich herzlich

Ben

Betreff: Piper – Pfeffer

Lieber Ben, es freut mich ausserordentlich, dass du eine Rückmeldung von Piper erhalten hast. Piper ist die taxonomische Bezeichnung der Gattung Pfeffer. So kommt jetzt Pfeffer in die Sache. Der Autor ist der geworden, von dem er erzählt. Das Menü ist abgeschmeckt. Es ist angerichtet, man kann essen.

Ich wirke vielleicht deshalb so stark mit, weil ich selbst an einem Roman schreibe und schon 60 Seiten beieinander habe. Ich bin erstaunt, wie flott es läuft, und wollte dich auch schon fragen, wie du das mit den Verlagen machst. Vielleicht kann ich ja auch mal vorab ein paar Kapitel an einen Verlag senden. So wirkst du auch bei mir immer mit.

In meiner Fussballkarriere spielte ich linker Flügel. Diesem haftet ein bisschen der Ruf des Ex-zentrikers an: ausserhalb des Zentrums! Die Mitte überlässt er dem Mittelstürmer. Ich habe mich immer wohlgefühlt als linker Flügel. Ich konnte lange genug warten, bis der perfekte Pass in die Gasse kam – da kommen mir doch gerade noch Schillers Tell und der Gessler («... durch diese hohle Gasse ...») in den Sinn, witzig, gell? – dann blitzschnell reagieren und die Treffer erzielen. Niemand erwartet das vom linken Flügel. Die Hoffnungen liegen auf dem Mittelstürmer.

Ob dem Schriftsteller wirklich das Buch fehlt? – Das Buch hat er ja schon. Schliesslich könnte er es auch im Eigenverlag herausgeben, wie es viele tun. Fehlt ihm nicht eher die Anerkennung oder die Würdigung oder das Verständnis eines Gegenübers für seine Sache? Was sind wir ohne ein Gegenüber, das uns immer wieder hilft, uns selber zu positionieren, die Mitte zu finden und uns um unsere eigene Achse zu drehen, sei dies per E-Mail oder im persönlichen Gespräch?

So, nun erwarte ich noch ein Gegenüber in der Form eines Schülers, der mit der französischen Sprache auf Kriegsfuss steht. Kommt dir das bekannt vor, irgendwie?

Liebe Grüsse und hoffentlich bis bald

Maren

3.

Keltische Sagenwelt

Betreff: Sommerlicht

Hallo Maren, es tut gut, mit dir zu mailen, es inspiriert mich, und über Nacht kommt neue Erkenntnis dazu. Das ist doch eigentlich die beste Art des Erkennens, so richtig schön bequem. Du legst dich hin und lässt es einfach kommen. Leichter geht es nicht.

Aber natürlich ist davor und danach viel Krampf. Schreib dich frei! Das ist ja ein bekannter Slogan. Was er wirklich bedeutet, wird mir nach und nach bewusst. Wenn mein Buch erscheint, habe ich mir die Position erschrieben, die mich vor der Aufgabe, die es mit sich bringt, nicht mehr zurückschrecken lässt. Diese Aufgabe, woher auch immer sie kommt – vielleicht habe ich sie mir, bevor ich Mensch wurde, selbst erteilt? – hat mit Macht zu tun. Wer liest und schreibt, wie du und ich, weiss um die Kraft der Bücher, wie machtvoll diese wirken. Gerade jetzt habe ich wieder mit einem Buch begonnen, das mir ganz, ganz kraftvoll wirkt: Melissa Marrs «Gegen das Sommerlicht» ist bei Piper erschienen. Am Tag vor Pfingsten kam es mir in die Hand. Meine Erleuchtung, wer weiss?! Katholisch ist so praktisch! Jedes Jahr ein Pfingsten!

Dieses Buch also – ich habe allerdings erst einen Teil davon gelesen – wurzelt in der keltischen Sagenwelt und kommt im Kleid der Sparte Fantasy daher. Tatsächlich steckt in dieser Geschichte aber deutlich mehr. Es geht um den Kampf von Gut und Böse, verkörpert durch Exponenten des Feenvolks, das die meisten Menschen nicht sehen. Eine junge Frau, fast noch ein Mädchen, ist die Heldin in der Geschichte. Dass sie zur Heldin wird, hoffe ich auf jeden Fall. Das Spezielle an dieser Geschichte ist nicht der Kampf des Guten gegen das Böse – das wäre langweilig, abgedroschen, ist bis zum Überdruss bekannt –, sondern die Tatsache, dass der Sommerkönig, wenn er gegen seine Mutter, die Winterkönigin, gewinnt, die Machtteilung erringt und nicht die ganze Macht. Mehr will ich nicht verraten, weil du es vielleicht selbst einmal lesen möchtest.

Und übrigens: Was ich bis jetzt zur Geschichte sagte, tönt reichlich technisch und spröd. Die Geschichte selbst ist anders. Da steckt Wärme drin, obwohl es von der Eiseskälte des Winters und von der Übermacht der Winterkönigin handelt. Interessant scheint mir auch die Autorin. Auf jeden Fall ein bemerkenswertes Image, das der Verlag mit Bild und Legende schafft. Eine wilde Frau, eine Reisende, eine unterwegs, so dass nicht einmal der Verlag sagen kann, wo sie sich derzeit befindet. – Sollte es nicht wahr sein, wäre es gut erfunden.

Jetzt habe ich gerade nochmals gelesen, was ich dir schrieb. Da steht etwas, das ich korrigieren möchte, dann aber stehen lasse: «... mit einem Buch begonnen, das mir ... kraftvoll *wirkt* ...» – «scheint» wollte ich schreiben, «das mir kraftvoll scheint». Aber trotzdem ist «wirkt» auch nicht falsch. Das Buch tut seine Wirkung.

Und zum Freischreiben noch etwas: Ich will zum Fussball zurück. Sag, Maren, ist der Mittelstürmer nicht die Position mit der grössten Freiheit? Eine Freiheit, die man dem Mittelstürmer zugesteht, weil sie der Mannschaft dient? Dass unser grosser Mittelstürmer in der Nationalmannschaft seit einigen Jahren Alex *Frei* heisst, passt dazu. Und so wäre für den Moment wieder einmal alles gesagt.

Herzliche Grüsse
Ben

AW: Sommerlicht

Hallo Ben, nur kurz: Ich freue mich auch immer wieder über deine Zeilen. Auch bei mir schreibt, klingt, wirkt es im Moment Tag und Nacht. Jetzt aber habe ich mich entschieden, einen Marsch gegen das Sommerlicht zu machen und den Buchberg zu erklimmen. Oft hilft mir das, meine Gedanken ins rechte Licht zu rücken, nämlich ins wunderbare Licht der Schöpfung – und wenn's noch ein bisschen stürmt, ist das genau mein Zustand, innen und aussen.

Gern erläutere ich dir die Position des Mittelstürmers später einmal genauer. Fussball, davon verstehe ich was, das stimmt! Dieses einfache Spiel entfacht immer noch mein Feuer. Es liegt jedoch nicht am Spiel, das du siehst, sondern am Unsichtbaren. Es entsteht nämlich nur ein harmonisches Spiel, wenn alle Spieler spüren, dass sie über unsichtbare Fäden miteinander verknüpft sind. Wenn diese Verbindung besteht, ist eine Mannschaft wie verzaubert – oder entfesselt (trotz der Fäden), und sie zaubert auf dem Platz. Gut sichtbar, wenn auch unsichtbar, bei Brasilien, Argentinien, Spanien. Oder wenn wir Club-Mannschaften nehmen, bei Barcelona.

Wie du siehst, ich komme ins Feuer. Doch jetzt geht's fürs Erste in Richtung der anderen drei Elemente: Erde, Luft und Wasser, auf dem Buchberg im Wald, im Regen.

Herzlich

Maren

AW: Sommerlicht

Liebe Maren, der Sturm hat sich gelegt, das Sommerlicht kann kommen. Die Kraft der Bücher ist enorm, ich bleibe dabei. Ansonsten muss ich aber, was «Gegen das Sommerlicht» anbelangt, meine Meinung revidieren. Kein Buch, das ich empfehle. Für mich hat es trotzdem gepasst, ich habe fünfzig Seiten gelesen. Eigentlich könnte ich es jetzt wegschmeissen, es hat seinen Zweck erfüllt. Wenn ich es trotzdem behalte, dann nur deshalb, weil es vielleicht dereinst in *meiner* Geschichte noch eine Rolle spielt. Mir hat dieses Buch zur rechten Zeit gezeigt, dass es nicht mehr darum geht, die alten Mythen in die neue Zeit zu retten. Nicht umsonst handelt diese Geschichte von Untoten, die kämpfen und leiden, hier heissen sie Elfen. In anderen Geschichten werden sie Vampire genannt. Diese Sicht auf die keltisch geprägten Parallelwelten habe ich noch nicht gekannt. Anscheinend hatten solche Ideen aber einmal Hochkonjunktur, wie ich den Zitaten entnehme, die die Autorin in ihre Geschichte streut.

Ich für meinen Teil habe mich entschieden: Unsere neue Zeit braucht auch neue Geschichten. Die alten Mythen sollen alte Mythen bleiben, sonst werden wieder, auch wenn sie neu geschrieben sind, alte Geschichten daraus.

Passend war dieses Buch für mich, auch weil wir demnächst in die keltischen Stammlande reisen. Nach Wales geht es im Juli, zu Artus & Co. Ich freue mich auf das Sommerlicht und schönes Wetter dazu.

Und das mit dem Mittelstürmer lasse ich mir gern noch erklären bei Gelegenheit, aber die Gelegenheit hat Zeit.

Und zu den Mannschaften, die zaubern: Die Dinge ändern sich auch da. Für Argentinien ist der Zauber, wie es scheint, vorbei. Gegen Ecuador 0:2! Hast du es auch gesehen?

Und dann noch kurz zu deinem Buch: Hat es mit Fussball zu tun? Würde passen zum nächsten Jahr. Wegen Südafrika, meine ich. Die Verleger wären sicher scharf auf eine Fussballgeschichte deiner besonderen Art in einem WM-Jahr.

Herzliche Grüsse

Ben

4.

Das Versprechen

Betreff: Mittelstürmer

Hallo Ben, darum hat mich das Buch gestern, als du davon sprachst, nicht wirklich interessiert, weil es heute schon Geschichte ist.

Ich hatte gestern eine lustige Begegnung beim Golfplatz. Auf dem Parkplatz traf ich einen älteren Herrn. Er sagte zu mir: «So, schon fertig?», und er schaute mich von unten nach oben an. Ich war natürlich nicht in Golfmontur, wie er das erwartet hätte.

Ich erwiderte freundlich: «Wissen Sie, ich gehe hier immer spazieren. Es ist wunderschön hier, vor allem bei Regen und Sturm.»

Er sah sich um und meinte höflich: «Ohne Hund?» Und wieder dieser verwunderte Blick!

Ich antwortete erneut: «Zum Spazierengehen brauche ich keinen Hund.»

Er schaute mich immer interessierter an, doch er blieb höflich zurückhaltend. Dann wünschte ich ihm einen schönen Tag, stieg in meinen Nissan Micra – neben mir zwei BMWs auf der einen Seite und auf der anderen Seite ein Porsche – und fuhr langsam los. Er schaute mein Auto an, dann noch einmal mich – und plötzlich winkte und lächelte er.

Ist das nicht schön?! Ich konnte in den paar Minuten das Weltbild eines Menschen auf den Kopf stellen, und ich hatte ein gutes Gefühl dabei. Und der Mann schenkte mir eine Geschichte, ich ihm vielleicht auch. Und so wird jetzt aus der Ex-zentrikerin vielleicht doch noch eine Mittel-stürmerin? Es hängt davon ab, wie sie zur Ex-zentrik steht oder wo sie ihre Mitte hat. Ich bin beschwingt nach Hause zurückgekehrt und habe ein feines Mittagessen gekocht.

Mein Buch, nach dem du fragst, handelt von einem Jugendlichen, einem Träumer, der in die leistungsorientierte, kühle Realität anscheinend nicht passt. Um die Innenwelten seiner Familie geht es mir. Sein Seelenleben, das seiner Mutter, des Vaters, des Grossvaters, aber auch um das Umfeld in der Schule. Er hat eine verständnisvolle Lehrerin – natürlich! –, die zu verstehen glaubt, was in dem Jungen abläuft, und die versucht, den Eltern, Mitlehrern, Ärzten nahezubringen, was der Junge braucht. Der Grossvater hilft mit, Gott sei Dank! Und die Eltern werden sich ihrer Ängste und Erwartungen durch ihren Sohn bewusst. Die Lehrerin selber hat natürlich auch Kämpfe und Krämpfe auszustehen. Ein philosophisches, pädagogisches, träumerisches Werk, mitten aus dem Leben, über eine ganz «normale» Familie.

Mich zieht es dieses Jahr im Sommer wieder in die USA und nach Kanada. Meine geliebten Indianer geben mir Bodenhaftung, deshalb suche ich wieder einmal ihre physische Nähe. «Wer fliegen will, muss am Boden bleiben», das war die Eintracht Frankfurt, du erinnerst dich. So las ich es wohl in erster Linie für mich!

Herzliche Grüsse
Maren

Betreff: Nachtrag

Hallo Ben, noch etwas apropos Geschichten: David Baldacci ist einer der meistgelesenen amerikanischen Krimiautoren zurzeit. Vorgestern kam Lena zu mir – sie ist ein Krimifan – mit einem Buch von ihm: «Das Versprechen»!

«Maren, das ist etwas für dich.»

Ich sagte: «Du weisst doch, dass ich keine Krimis lese.»

Sie legte das Buch in mein Zimmer und meinte: «Dieses wirst du lesen!»

Am Abend im Bett las ich, was der Autor selbst zu seiner Geschichte sagt: «Obwohl ich mit Thrillern bekannt geworden bin, haben mich Geschichten über meine Heimat Virginia magisch angezogen. Es ist die Ironie des Schicksals, dass ich als Schriftsteller die letzten 20 Jahre damit zugebracht habe, dem Stoff für Romane hinterher zu jagen, ohne je die Schatztruhe im Hof meiner Familie zu sehen.»

Ich habe schon 100 Seiten gelesen. – Baldacci war Anwalt wie du, bevor er Schriftsteller wurde.

Liebe Grüsse

Maren

5.

Mut

Betreff: Zumutung

Liebe Maren, mein Nachdenken über das, was wir uns letzte Woche schrieben, geht weiter. Vom Gegenüber und der Anerkennung sprachst du. Ist es nicht das, was deinem und meinem Wirken gemeinsam ist? Der Wunsch, anerkannt zu werden? Für unser Tun die Wertschätzung zu erhalten, die uns zusteht? Ist es nicht auch das, was in vielen Fällen den jungen Menschen Mühe macht, die bei dir Hilfe suchen und deine Hilfe erhalten? Kannst du helfen, weil du das selber kennst?

Gerade jetzt wieder habe ich eine Erfahrung gemacht, die mir vor Augen führt, dass ich nicht eigentlich als Literat Anerkennung suche, sondern als der, der andere mit seiner Begeisterung mitreissen möchte. Der Anerkennung in diesem Sinn steht der Kleingeist gegenüber. Die Lauen und die Ängstlichen meine ich, die sich zwar gern im Umfeld der Begeisterten tummeln, ja sich sogar anstecken lassen und mitmachen, solange es ihnen nicht zu nahe kommt, die aber auf Abwehr schalten und auf Distanz gehen, wenn der Begeisterte in ihrer Familie lebt.

Wer abhebt, macht seinen Nächsten Angst. Ist es das, was den Jugendlichen Mühe bereitet? Ist es das, was junge Menschen kaputtschlagen lässt, was sie einengt, bis hin zur Selbstzerstörung? Das Entsetzen danach ist gross, doch merkt kaum einer, um was es wirklich geht. Vielleicht war der junge Mann, die junge Frau, umgeben von lauter gutmeinenden Menschen, die nur das Beste wollten, die aber nicht erkannten, wie viel Kraft in diesem jungen Menschen steckte. Seine Kraft konnte sich nicht entfalten, weil die Krämer meinten, es gehe darum, das Leben auf die Reihe zu bringen, das Leben zu meistern in diesem Sinn. – Als ob das Leben eine Reihe wäre! Aber das Leben ist ein Fluss, der im breiten Feld mäandert.

Ich weiss, dass ich von mir selber rede. Zugleich schwingt aber auch die Wut von vielen anderen mit. Das ist es, was mir den Mut verleiht, meine Geschichte zur Parabel zu machen. Ich bin froh, dass ich die Wut noch spüre, die mich nach einem kleinen Dreh mit dem Mut versorgt, der dafür notwendig ist. Not-wendig, durchaus wörtlich verstanden: Das Nötige, das die Dinge wendet. Ich spiele gern, wie du weisst, mit Buchstaben und mit Worten.

Zu-mutung fällt mir auch noch ein. Vielleicht ist es ja das, was ich als Schriftsteller suche, das Recht, eine Zumutung zu sein.

Herzliche Grüsse
Ben

AW: Zumutung

Hallo Ben, es gibt tatsächlich Mittelstürmer, die manchmal eine Zumutung sind, um das Thema wieder aufzugreifen, und das ist gut so!

Im Allgemeinen ist der Mittelstürmer der beste offensive Spieler auf dem Platz, der mit dem Torriecher und dem tödlichen Instinkt. Von ihm geht Gefahr aus wie von einem angeschossenen Löwen. Er hat ein Gefühl für brenzlige Situationen. Er liebt das Feuer und die Action, kurz: die Begeisterung, von der du sprichst. Ängstlichkeit ist bei ihm fehl am Platz. Mittelstürmer machen keine halben Sachen. Sie lassen sich die Bälle auf dem Silber- oder Goldtablett servieren. Sie geniessen den Erfolg, sie sonnen sich darin. Als männliche Diven lassen sie sich wie Götter verehren.

Sagen muss man vielleicht noch, dass früher mit *einem* klassischen Mittelstürmer gespielt wurde. Dieser war umrahmt von zwei (Aussen-)Flügeln. – Ergäbe wieder den Adler! – Heute ist diese Position vom Aussterben bedroht. Das heisst, viele Mannschaften spielen mit *zwei* Mittelstürmern. Einer spielt halb links, einer halb rechts, wobei diese Positionen während des Spiels nicht fix bleiben. Die klassischen Flügel gibt es nicht mehr, sie sind die Arbeitslosen auf dem Markt. Vielleicht verliert die Position des Mittelstürmers somit etwas von ihrem ursprünglichen Glanz, sie wird verwässert.

Es lohnt sich immer wieder, Lionel Messi von Barcelona zuzuschauen. Er ist ein Spieler, der sich ganz in den Dienst der Mannschaft stellt. So stelle ich mir persönlich einen heutigen Mittelstürmer vor. Kreativ, Ballkünstler, mannschaftsdienlich, Teamplayer. Der berühmteste Mittelstürmer der Welt ist im Moment aber Christiano Ronaldo, mit den Eigenschaften: kreativ, Ballkünstler, eigensinnig, egozentrisch, narzisstisch. Da haben wir nun die beiden Gegensätze, die beiden Extreme, doch beides sind Mittelstürmer.

Und unser Alex Frei ist vielleicht eine Synthese der beiden: «Chrampfer», mannschaftsdienlich, hilft viel und gern hinten aus, ist aber beratungsresistent, schnell beleidigt, selbstverliebt. Wenn wir nun diese Eigenschaften der Justitia auf die Waage legen und in dubio pro reo entscheiden, könnte man doch sagen, dass er ein guter Mittelstürmer ist. Aber du siehst, ich tue mich schwer mit der Formulierung, weil: Justitia im Fussball und Synthese bei einem Mittelstürmer? Nein, das will ich nicht.

Ein lieber Gruss

Maren

6.

Sehnsucht

Betreff: Raum und Traum

Liebe Maren, hast du Lisa auch schon singen gehört? Tönt gut, unsere Nichte. Hat Stimme, und Ausdruck hat sie auch. Eine raumfüllende Stimme. Am Freitagabend waren wir am Abschlusskonzert ihrer Singklasse. Hat mir gut gefallen. War beste Anschauung – Anhörung passt besser – für das, was man – Frau, muss ich sagen – mit den Gefühlen macht. Alles Mädchen, junge Frauen, keine Burschen und kein Mann.

Zurück zu Hause zog ich noch etwas Fernsehen rein: «Stranger than Fiction» von Mark Forster, einer meiner liebsten Filme, zu vorgerückter Stunde. Ein Mann, der Held in dieser Geschichte, ein langweiliger Steuerbeamter zuerst, entdeckt das wahre Leben. Eines Tages hört er eine Stimme im Kopf. Er geht der Sache nach, er forscht, er will es wissen, und er erkennt, dass eine Frau seine Lebensgeschichte schreibt. Die Geschichte, die er hört, wird wahr. Dass ich bei diesem Film auch an meine Geschichte denke, kannst du dir sicher denken.

Und dann ist Werbepause mittendrin. Und weisst du, was da kommt? Der neue Spot der «Swiss». Mark Forster hat ihn gedreht und er kommt auch selbst darin vor. Wenn du wüsstest, was er sagt! Ich sag's, ich sag's ja schon: «... mehr Raum, um sich selbst zu sein.» – Wow! Habe ich gestaunt! Beinfreiheit im Flugzeug – und noch viel, viel mehr. Wieder hat alles gepasst: das Konzert, der Film, der Spot und das Fliegen über den Wolken. Aus dem Traum wird eine Geschichte, und aus der Geschichte wird Realität.

Das musste ich noch loswerden, bevor es in die Ferien geht. Auf und fort nach Wales! Auch dir wünsche ich eine schöne Zeit, und lass mir die Indianer grüssen. Auf dass sich Geschichten ergeben! Bis dann.

Herzliche Grüsse

Ben

AW: Raum und Traum

Lieber Ben, von Mark Forster kenne ich den Film «Finding Neverland», zu Deutsch: «Wenn Träume fliegen lernen». Und schon haben wir sie wieder, die Träume – und zugleich auch das Fliegen. Wie nah das alles liegt!

Die Villa von Michael Jackson heisst auch «Neverland», Nimmerland. Seine Villa als fiktionale Insel in dieser Welt, in Anlehnung an die Figur des Peter Pan, der nie erwachsen werden wollte. Heute ist die Trauerfeier für Michael Jackson. Warum trauern? Ich bin mir sicher, er ist jetzt dort, wo er immer schon sein wollte. Vom Neverland ins Everland, so stelle ich mir seine letzte Reise vor.

Wir beide werden auch bald reisen. Oder seid ihr schon unterwegs? Wie weit wir auch reisen, wir reisen zu uns selbst. Mein letzter Aufenthalt in Wales war geprägt von einem meiner Lieblingsdichter: Dylan Thomas. Er war walisischer Abstammung und reiste auch zeitlebens, allerdings war sein Transportmittel der

Alkohol. Man sagt, er habe als Letztes gesagt: «I just had eighteen straight scotches. I think that's the record.»

Träume, Räume, Reisen, Fliegen. Das alles hat mit der Sehnsucht zu tun, mit Suchen und mit Sehnen. Diese beiden «Tätigkeiten» werden der Gefühlswelt zugeschrieben, auf jeden Fall die zweite. Beim Raum geht es auch um die Leere. Ich glaube, es heisst sogar etymologisch «das nicht Ausgefüllte». Auf dass wir uns also in die Leere begeben (Finding Neverland?) und mehr Raum kreieren, um uns selbst zu sein! Gute Reise! Gut Flug auf allen Ebenen!

Herzliche Grüsse

Maren

7.

Glück

Betreff: Federkleid

Liebe Maren, «gut Flug auf allen Ebenen», so lautete dein Wunsch in deiner letzten Mail, es ist schon eine
Weile her. Inzwischen sind wir zurückgekehrt aus Wales
und haben bei nächster Gelegenheit einiges zu erzählen.
Und, wie ich annehme, bist du auch schon bald von deiner Reise zurück.

Wie du richtig sagtest, sind es immer Reisen zu uns
selbst, wie weit oder nah sie auch gehen. Meine Reisen
gehen mir immer nah. Am letzten Samstag zum Beispiel:
Nur eine kleine Reise dieses Mal, eine Wanderung von
Amden ins Toggenburg. Bei Rosa lösten sich an den
Schuhen die Sohlen. Zeit für neues Schuhwerk. Leicht
und bequem sollen die neuen Wanderschuhe sein, und
zugleich stark, für guten Halt, mit berggängigem Pro-
fil. Mir selbst liefen Geschichten über den Weg, und auf
der Heimfahrt am Bahnhof in Buchs fand mich noch ein
Buch.

Mit den Büchern und mir ist das schon eine ver-
rückte Sache. Schon einmal ist mir in Buchs ein Buch
in die Hände gekommen. «Glück» lautete damals kurz
und bündig der Titel. Dieses Mal hiess es «Federkleid».
Die Autorin ist eine Japanerin mit dem seltsamen Namen *Banana* Yoshimoto. Das Buch ist bei Diogenes erschienen. Wunderbar, Buch und Autorin, mehr will ich

dazu nicht sagen. Ich habe es verschlungen, aufgesogen wie ein Schwamm, gestern während ein paar Stunden. Sternstunden waren das. Vielleicht kennst du es ja schon, dann wirst du wissen, was ich meine. Ansonsten wünsche ich dir viel Freude, wenn du es selber liest. Ich empfehle es aufs Wärmste, wie ich noch selten ein Buch empfahl. Zum Inhalt sage ich noch nichts, der gehört allein der Leserin und dem Leser.

Begegnungen mit Menschen, Büchern und Orten. Du weisst, dass das *meine* Geschichte ist. Immer wieder geschehen mir solch zauberhafte Dinge. Buch und Buchs, sie stehen sich reichlich nah, auch wenn sie anders tönen. Und dann liegt dort gleich um die Ecke, mit Buchs verwachsen, das kleine Werdenberg mit seinem Schloss. – Ich bin versucht zu sagen: Auf und über die Berge, damit wir Menschen werden!

Ich freue mich auf die Geschichten, die *du* zu erzählen hast.

Herzlich

Ben

Betreff: Bodenlos

Lieber Ben, die Zivilisation hat mich wieder, und ich habe sie wieder! In aller Deutlichkeit.

Von Werdenberg höre ich bei dir, und lese fast zur gleichen Zeit im Tages-Anzeiger über eine Ausstellung von Pippilotti Rist im Schloss an diesem Ort!

«Was soll nur aus mir werden?» Eine Frage, die ich eines Abends letzthin Lena stellte. Sie meinte trocken: Du bist es schon! – Und ich habe immer gedacht, *ich* sei die Philosophin und Denkerin in der WG!

Werde, was du bist, lautet doch auch so ein neunmalkluger Spruch.

Wieso macht jetzt mein Computer immer diese merkwürdigen Sprünge und diese Zwischenzeilen???

Ob es etwas zwischen den Zeilen zu lesen gibt? Oder etwas zu ergänzen? Oder ist doch schon alles gesagt? Und es geht mehr ums Erfassen mit den Sinnen, ums Spüren? Und jetzt? Das gibt's doch nicht!! Er macht die Zwischenzeilen nicht mehr ...!?

Die Bodenhaftigkeit wollte ich zurückgewinnen in Amerika und in Kanada, doch ich hatte da drüben so wenig Boden unter den Füssen wie noch nie. Die lange Zeit in der Luft, das Unterwegssein und Schlafen im Hochbett im Camper (immer auf vier Rädern), die Ausflüge auf den Flüssen, Seen, auf dem Meer. Nirgendwo Boden! Was ist, wenn kein Boden vorhanden ist? Ist man dann bodenlos? Und wenn ja, bodenlos im Sinne von unerhört (eine bodenlose Frechheit)? Oder tief? Kein Halten mehr unter den Füssen?

Das Buch «Federkleid» kenne ich noch nicht, ich meine jedoch, es schon in den Händen gehabt zu haben. Ist auf dem Umschlag eine Frau auf einem Balkon? Schaut sie ins Bodenlose? Ich möchte es gerne lesen. Leihst du es mir aus?

Herzliche Grüsse
Maren

8.

Ein Geheimtipp

Betreff: Diamanten

Liebe Maren, was du neu anbietest in deinem Atelier für Kreativität, gefällt mir gut. Du nimmst auf niemanden mehr Bezug, nur einfach du.

Nur? – Du verstehst mich sicher richtig. Was ich sagen will, ist das Folgende: Alle Zutaten sind weg. Allen Ballast hast du abgeworfen. Was bleibt, ist das Wesentliche. Was bleibt, ist der Kern: junge Menschen, die zu dir kommen zum kreativen Schreiben, mit Lust und Freude. Das ist einfach, handfest, praktisch.

«Das Versprechen» kommt mir in den Sinn. Du erinnerst dich vielleicht, dass ich dich einmal fragte, ob Baldacci gehalten habe, was er versprach. Du bliebst mir die Antwort schuldig. Inzwischen bin ich in der Lage, mir selbst eine Antwort zu geben. Auf Seite 138 in diesem Roman gibt es eine schöne Geschichte, mit der ich meine Antwort in die passenden Worte fasse. Da ist dieser wilde Junge mit dem Namen Diamond. Er führt seine Freunde Lou und Oz auf den Baum, wo sich seine Hütte befindet. In der Baumhütte verwahrt er seine geheimsten Schätze, ein Stück Kohle unter anderem, in dem, wie ein Mann ihm einmal sagte, ein Diamant verborgen sei. Diamond, bei seinem Namen, findet es seltsam und passend zugleich, dass dieser Mann gerade ihm diese Geschichte erzählte. Er kratze immer wieder, sagt er, an dem schwarzen Stein, und er hoffe, dass er eines fernen Tages den glänzenden Kern entdecke.

Ich kenne die Seitenzahl so genau, weil ich auf dieser Seite den Kern der Geschichte fand. Dann las ich noch etwa 70 Seiten weiter, und danach war Schluss für mich. «Das Versprechen» fertig zu lesen, machte mir keinen Spass. Ich vermute stark, es wäre mir ergangen wie Diamond mit seinem Kohlestück. Ich hätte gekratzt, gekratzt, gekratzt, und es bliebe nichts zurück. Ein Diamant im Kern der Kohle? Daran glaube ich nicht.

Was ich selbst in «Flugjahre» sage, gefällt mir um Welten besser: «Ein Diamant wird geschliffen, damit das Licht in all seinen Facetten leuchtet. Das ist dann das Licht, das von aussen auf den Stein trifft, aber die Ausstrahlung kommt von innen. Das Licht im Stein ist immer da, ob geschliffen oder roh, nur sehen mit deinen Augen kannst du's im einen Fall nicht.» – Ist es nicht genau das, was du anbietest für die Jugendlichen und für die Kinder? Einen Ort, wo sie ihren Diamanten entdecken, bevor man Facetten schleift?

Und Lena sage bitte, dass sie es mir nicht übel nehmen solle, wenn ich Baldacci verschmähe. Ich weiss sehr wohl – und Lena weiss das auch –, wie es mit den Büchern ist und mit der Gunst, die wir ihnen schenken. Auch mein Buch, wenn es dereinst erscheint, wird nicht allen gefallen. Um Lenas Tipp für dich, der auch zu mir gelangte, bin ich trotzdem froh, er hat mir eine Geschichte geschenkt, damit ich sie dir erzähle.

Und übrigens: Wäre das nicht auch eine Form für deine Schülerinnen und Schüler? Dass sie dir oder unter sich per Mail ihre Geschichten erzählen? Nur eine Idee, laut gedacht. Ich weiss natürlich schon, dass du eigene Ideen hast.

Herzliche Grüsse

Ben

AW: Diamanten

Hallo Ben, Diamanten und Kohle, bestehen die nicht beide aus Kohlenstoff? Das haben sie gemeinsam. Doch die Kohle ist weich, der Diamant dagegen hart. Auch ihre Erscheinung ist anders. Krasse Gegensätze. Der Kern aber ist derselbe. Wenn wir also auf der Suche nach unserem Wesenskern sind, suchen wir dann den Kohlenstoff?

Und danke für dein Kompliment. Es stimmt, ich beziehe mich nicht mehr auf andere. Jetzt lebe ich meine eigene Religion (re-ligio). Ich schöpfe aus meinem inneren Reichtum.

Wär nicht das Auge sonnenhaft,
Die Sonne könnt es nie erblicken;
Läg nicht in uns des Gottes eigne Kraft,
Wie könnt uns Göttliches entzücken?

War schon ein schlauer Mann, der Herr von Goethe. Meinen Schülern habe ich das schon oft gepredigt. Inzwischen weiss ich: Ich predigte auch für mich.

Und jetzt weisst du auch, warum ich dir die Antwort schuldig blieb, die Antwort wegen Baldacci. Mir ging es ähnlich wie dir. Als Diamond starb, starb auch mein Interesse. Er war die einzige schillernde Figur, eine Perle, in dieser Geschichte.

Und zu deiner Idee: Ich habe an etwas Ähnliches gedacht, aber mit Erwachsenen. Nämlich dass wir unseren Kreis – ein Kreis zu zweit?! – ausweiten könnten, da ich diese Art des Austauschens, Berührens, Erzählens schätze und geniesse.

Ich wünsche dir einen schönen Sommerabend
Maren

Betreff: Diamanten und Kohlenstoff

Genau! Kohlenstoff! Der Stoff, aus dem die Träume sind! Es tönt banal, ist aber trotzdem wahr. Und so wäre das gesagt und jetzt: guten Morgen und hallo Maren!

Ich habe dir auch von einem Diamanten zu berichten, den sie in der Zeitung eine Perle nannten, «eine Perle von einem Film». Ich sah ihn am Samstag in Zürich. «Séraphine» ist kurz und bündig der Titel. In Frankreich hochgelobt und vielfach ausgezeichnet. Die Geschichte von einer Malerin, die, ähnlich wie Van Gogh, zu Lebzeiten mehr oder weniger verkannt blieb. Es ist auch die Geschichte ihres deutschen Entdeckers. Das Schicksal meinte es nicht gut mit dieser Frau. Zweimal stand ihr im letzten Moment ein Weltkrieg vor dem Durchbruch. Zuletzt landete sie, auch wie Van Gogh, in einer Psychiatrischen Klinik. Dort war sie wenigstens frei genug, um kreativ zu schaffen. Aber eigentlich fand sie einen angemessenen Umgang mit ihren gestalterischen Kräften nie. Und trotzdem entstanden wunderbare Bilder. Die Frau hiess mit vollem Namen Séraphine Louis. Sie wurde auch Séraphine de Senlis genannt, nach dem Ort, wo sie lebte und wirkte, und wo sie sich jahrzehntelang als Putzfrau und Wäscherin abrackern musste. Nur nachts ist sie in dieser Zeit ihrer Berufung gefolgt. Sie krampfte bis zur Erschöpfung, bis zum Zusammenbruch. Sie wandelte ein Leben lang auf dem schmalen Grat zwischen Sinn und Wahnsinn.

Wie gesagt: eine Perle, ein Diamant. Ein Geheimtipp auch. Dieser Film läuft nur noch wenige Tage, falls du ihn noch sehen möchtest. Er läuft in dem Kino unten an der Limmat. Heisst es «Alba»? Nein, «Nordsüd». Ich glaube, es heisst «Nordsüd». Ich bin erstaunt, dass über diesen Film nicht mehr geschrieben und nicht mehr geredet wurde. Dieser Film ist ein roher Diamant, wie die Künstlerin selbst, den hierzulande, wie es scheint, nur wenige erkennen. Auch die Bilder dieser Künstlerin möchte ich gern einmal sehen, sie berühren schon im Film.

Und dann noch eine Info zu meinem Buch: In der Wochenendbeilage des Tages-Anzeigers warb am Samstag ein neuer Verlag für eine Veranstaltung nächste Woche: der Galiani Berlin Verlag. Sein Logo ist ein Vulkan. Ein Vulkan und ich, das würde passen! Mein Manuskript ging gestern auf die Post. Unterwegs nun also nach Berlin. Noch ein Eisen im Feuer.

Übrigens: Hat es nicht mit Druck und Hitze zu tun, dass aus Kohle ein Diamant entsteht?

Herzliche Grüsse

Ben

9.

Geist und Seele

Betreff: Hochbegabt

Hallo Maren, ich erhalte täglich Bettelbriefe. Anwälte, denkt man wohl, seien besonders spendabel. Die Stiftung für hochbegabte Kinder klopft heute an. Nicht, dass ich sie unterstützen möchte, nur ihr Slogan fällt mir auf: «Wir fördern Kinder mit Verstand.» Ist es nicht idiotisch, mit einem solchen Slogan zu werben!? Die Kinder mögen ja Verstand haben, die Erwachsenen aber ...

Was hältst du, die Fachfrau, davon?

Herzliche Grüsse

Ben

AW: Hochbegabt

Da siehst du, was Descartes angerichtet hat, mit seinem «cogito ergo sum». Sogar das Kind wird auf den Verstand reduziert. Tragisch! Der Geist hat uns weit entfernt von unserer eigentlichen Bestimmung. Ich habe unlängst einmal in mein Tagebuch geschrieben: «Wenn die Fassade des Körpers bröckelt und das Konstrukt des Geistes in sich zusammenfällt, wie ein Kartenhaus, bleibt das Fundament der Seele.»

Ich wünsche dir einen sonnigen Tag und grüsse dich herzlich

Maren

AW: Hochbegabt

Nochmals nachgedacht! Ob die es anders meinten? «Wir fördern ... mit Verstand?» Du und ich zu wenig schlau, um sofort zu verstehen?!

Und noch ein Satz aus meinem Tagebuch, der, wie ich meine, passt: «Die Kapriolen des Geistes sind nötig, damit die Seele den Heimweg findet.»

Umwege sind auch Wege, für den, der darauf geht. Mir kam dieser Gedanke beim Wandern im Engadin.

Im Engadin war's übrigens toll, wie immer. Die Füsse auf dem Boden, in fette Wanderschuhe gepackt, und mit dem Kopf in den Wolken. So gefällt mir das Leben. Seither ist schon wieder viel Wasser den Inn hinunter geflossen.

Fast hätte ich es vergessen: Auf einer meiner Wanderungen ist mir ein Fuchs begegnet. Weisst du, was der Fuchs bedeutet? Was er dir zeigen will? Er lehrt dich die Kunst der Tarnung. Er heisst dich, zu beobachten und dann augenblicklich zu wissen, was als Nächstes kommt. Du liest die Situation und handelst angemessen schnell. Meister Reineke schenkt dir die Macht der Schläue. Ich wünsche dir Einsicht, Weitsicht, Aussicht, Schläue und Verstand.

Liebe Grüsse
Maren

Betreff: Hitzkirch

Liebe Maren, schön, wie du das sagst, mit den Kapriolen des Geistes auf dem Weg, den die Seele macht, um nach Hause zu finden. Das schmeckt nach mehr. Dein Satz ist ein funkelndes Kleinod.

Wie läuft es mit *deinem* Buch? Ich würde es gerne lesen. Es lohnt sich, das sage ich dir. Gerade vor ein paar Tagen, am Samstag, habe ich wieder ein Wunder von einem Buch in die Hände bekommen. Solche Wunder sind es wert, dass sie geschaffen werden, ihre gestaltende Kraft ist enorm. Mehr will ich dir dann sagen, wenn ich es fertig gelesen habe. Hier fürs Erste nur der Titel und der Ort, wo das Buch mich fand: in Sursee war es bei «von Matt». Lena kennt diesen Laden bestimmt. Ist nicht Sursee Lenas alte Heimat? Oder ist sie in Hochdorf aufgewachsen? Ich bin mir nicht mehr sicher. Und ja, der Titel noch: «Immer wieder die Liebe». Eine Italienerin ist die Autorin.

Und noch zur Macht der Schläue: Fähig, die Situation zu lesen und das Gelesene in Handlung umzusetzen. Danke für deine Gedanken. So habe ich das Lesen noch nie gesehen bis jetzt. ... Und hoppla, jetzt ist der Gedanke wieder da, der mir heute Morgen kam und sogleich wieder entschwand, bevor ich ihn fassen konnte: Die Welt ist ein offenes Buch. Sie lädt uns ein, zu lesen. Gut, dass du mich daran erinnert hast.

Am Samstag war ich auch in Chartres! Ehrlich wahr, ich war da! Ist gar nicht weit von hier. Liegt auch in der Gegend, wo Lena früher wohnte. – Du glaubst es nicht? In Frankreich, meinst du, eine Tagreise von hier? – Aber natürlich hast du recht, und doch: Im Labyrinth von Chartres war ich, in Hitzkirch, Kanton Luzern, mitten in der Schweiz. Ich zeige es dir, wenn du willst. Nur eine Stunde zu fahren.

In Hitzkirch neben der Kirche bin ich durch die Kreise gegangen. Es war – ich schwöre es dir – wirklich das

Labyrinth von Chartres, das jeder kennt. Ich hätte nie gedacht, dass ich es hier um die Ecke finde. Hinein ging ich den ganzen Weg, hin und her und hin und her, rundum und um und um ... Hinaus habe ich mir dann erlaubt, den kurzen Weg zu nehmen. – War das nun Schläue oder Verstand?

In Hitzkirch war es kühl. Die Hitze fand an anderen Orten statt. Gerade jetzt hat ein Klient, der in Puerto Rico wohnt, mich angerufen. Wir sprachen vom grossen Feuer, das dort unweit der Hauptstadt seit ein paar Tagen wütet. Ein Tanklager ging in Flammen auf. Inzwischen sei alles unter Kontrolle, hat mein Klient gesagt. Er selbst habe wenig vom Feuer mitbekommen. Er wohne ein paar Kilometer weg, und der Wind habe in die andere Richtung geblasen. – So ist es mit den Feuern. Die einen trifft's, und die anderen, auch wenn sie nahe wohnen, nehmen es kaum wahr. Und ich, der ich mich darum nicht wirklich kümmern muss, lese davon in der Zeitung: ein Feuer weit, weit weg. Und trotzdem ist mir, als ob das Feuer auf Puerto Rico auch mit mir zu schaffen hat.

Das Feuer und die Sonne. Das Feuer in der Mitte, im Kern. Das eine gleiche Feuer, das vernichtet und das wärmt. – Ob Lena vielleicht weiss, warum es Hitzkirch heisst? Hat sie dort ihre Ausbildung gemacht? Die Kirche, von der ich schreibe, und der Platz mit dem Labyrinth gehören zu einem Ensemble von altehrwürdigen Bauten, in denen sie bis vor ein paar Jahren ein Lehrerseminar betrieben. Heute hat dort die Polizei ihren Schulungsort. Mir gefällt die Vorstellung, dass die jungen Männer und Frauen, die Polizisten werden wollen, Tag für Tag für Tag über das Labyrinth von Chartres gehen.

Und so hat sich alles, was du mir gewünscht hast, in Kürze schon ergeben: Die Sonne schien, die Aussicht aus dem Fenster war mir gewiss, und die Einsichten und die Weitsicht hast du mir mit deinen Denkanstössen geschenkt.

Ich grüsse dich herzlich

Ben

10.

Ich will

Betreff: Übersetzerin

Hallo Ben, «Wenn einer eine Reise tut, dann kann er was erzählen. Drum nähme ich den Stock und Hut und tät das Reisen wählen.» (Matthias Claudius)

Stimmt doch immer wieder. Deine Reise ins Luzerner Land hat auch gefruchtet. Hitzkirch war der Ort deiner Bestimmung. Der Name kommt von «Hiltis Chilche». Die erste Kirche soll dort um 1084 von einem Ritter namens Hilti gegründet worden sein, sagt mir das Internet.

Es ist doch wirklich eine tolle Erfindung, dieses Inter-Net. Eine Vorstufe ist es zu unserer eigentlichen Bestimmung, nämlich (wieder?) telepathisch miteinander zu kommunizieren. Es wird wohl nicht mehr lange dauern, bis dies möglich wird. Die Ausstattung ist vorhanden.

Lena kommt übrigens aus Hochdorf, und das Lehrerseminar hat sie in Baldegg besucht. Du warst also nicht so weit entfernt mit deiner Vermutung.

Dass aus der Lehrerschule eine Polizistenschule wurde, erstaunt mich nicht. Als Polizistin habe ich mich selbst auch dann und wann empfunden, auf jeden Fall an meiner letzten Schule. Nun habe ich mich wieder zurückbesonnen auf meinen ersten Beruf als «Über-setzerin». Oft nämlich setze ich mich mit meiner Arbeitsweise über die Konventionen hinweg. Meine neue Tätigkeit nenne ich «Reisebegleitung» insgeheim. Ich begleite junge Menschen auf ihrem Weg.

Gestern Abend war ich in der Sternwarte in Zürich und habe an einer Führung teilgenommen. Wir konnten auch den Mond und den Planeten Jupiter betrachten. Auf dem Mond würden Temperaturen von -160 bis +130 Grad herrschen, hiess es. Und eines der Kinder fragte: «Warum wird es bei uns nicht so heiss?»

Worauf der Mann, der uns führte, sagte: «Wegen der Atmosphäre.»

Das würde also bedeuten, dass die Atmosphäre uns vor der Hitze bewahrt. Die Atmosphäre ist also wichtig.

So, ich erwarte heute Nachmittag noch zwei Jugendliche, die mit mir reisen. Und ich mit ihnen.

Ein lieber Gruss
Maren

Betreff: Nachtrag

Hallo Ben, ein Gedanke noch zum Reisen, von dem ich gestern schrieb: Fährfrau bin ich auch, eine Frau, die über-setzt, hinüber über den Fluss. Ich reise hin und her. Ich erzähle, was am anderen Ufer geschieht, wenn es jemand hören will. Wenn nicht, ist es auch o.k. Und ich bin immer dort, wo ich gerade bin. Wenn ich also am rechten Ufer bin, bin ich am rechten Ufer. Wenn am linken, dann am linken. Und wenn ich im Fluss bin, bin ich im Fluss. Und jetzt werde ich plötzlich unsicher. Macht mir der Fluss etwa Angst? Mit den Ufern – so viel weiss ich – hat es nichts zu tun, da ist der Boden fest.

Du siehst, die Reisende ist immer auch eine Suchende, im Moment besonders stark. Sie spürt ihre

Beruf-ung, doch fällt es ihr nicht immer leicht, diese umzusetzen. Über-setzen und Um-setzen sind also zweierlei.

Und während ich dir diese Zeilen schreibe, kommt
mir der «Aufruf der Hopi-Indianer» in den Sinn. Kennst
du ihn?

> Wir befinden uns in einem reissenden kosmi-
> schen Fluss. Er ist so stark und mächtig, dass ihn
> viele Menschen fürchten. Sie versuchen, sich am
> Ufer festzuhalten. Sie haben das Gefühl, dass es
> sie auseinander reisst, und sie leiden sehr.

> Wisse aber, dass der Fluss seine Absicht hat und
> sein Ziel. Die Weisen der Hopi-Indianer rufen auf,
> dass ihr euch vom Ufer löst und in die Mitte des
> Flusses ziehen lasst. Halten wir unsere Häupter
> über dem Wasser und den Blick für jene frei, die
> wie wir mit Freude und Vertrauen in der Strö-
> mung treiben.

> Usw., usf. ...

Aber sicher kennst du es, das Ganze kann ich mir
sparen. Nur das, was für mich im Moment eine Bedeu-
tung hat. Und plötzlich passt alles wieder zusammen.
Ich wünsche dir einen guten Wochenstart.
Liebe Grüsse
Maren

Betreff: Im Fluss

Liebe Maren, nur auf die Schnelle für den Moment, weil ich zurzeit viel Arbeit habe, die keinen Aufschub erlaubt. Das dritte Mal ist es, dass mich der Ruf der Hopi-Weisen erreicht. Von dir erhalte ich ihn das erste Mal. Mehr dazu demnächst. Und ja, es passt auch bei mir.

Und dann reift bei mir eine Idee, die mit Mail-Geschichten zu tun hat, mit Frank und mit uns beiden. Mit dir natürlich nur, wenn du auch willst. Mehr dazu, sobald ich mehr Zeit habe.

Herzliche Grüsse

Ben

PS: Nein, es kann nicht warten, mir fehlt dafür die Geduld. Ich muss die Geschichte loswerden, hier, sogleich, jetzt. Frank tut sich schwer mit dem Honorar, das ich von ihm verlange. Er ist mir seit ein paar Wochen eine Antwort schuldig. Für mich ist es keine Frage mehr inzwischen: Ob ich Geschichten schreibe, oder ob ich Anwalt bin, das eine ist nicht weniger wert als das andere, beides ist mir teuer. Ob Frank bereit ist, ein Anwaltshonorar für meine Geschichten zu zahlen, weiss ich nicht. Diese Frage steht im Moment jedoch im Hintergrund. Oder auf jeden Fall eilt es mit der Antwort nicht. Viel wichtiger ist zurzeit, dass mir das Warten über Wochen inzwischen Ideen schenkt. Geschichten schenkt es mir auch. Nur eine einzige Idee ist es eigentlich, aber eine schöne und gewichtige. Frank ist eigentlich mehr ein Lehrer, kein Verleger. Seine Freude ist es, Menschen, die für sein Magazin schreiben, zur gelungenen Geschichte zu führen. Er ist ein Mann, der bewegt, und er hilft anderen, die Schönheit, die Kraft und den Wert in *ihrer* Bewegung zu erkennen. Im zurückliegenden Jahr, in dem ich nun für Franks Zeitschrift schrieb, war ich in seinem Kreis der Fachmann für Gefühle. Nicht wirklich der Fachmann zwar, sonst würde ich von Emotionen reden und gescheite Dinge sagen. Das ist aber nicht mein Ding, wie du weisst. Wenn ich Geschichten erzähle, dann fühle ich, fühle ich, fühle ich, nichts weniger und nichts mehr. Ich fühle, und jetzt harzt es mit dem Geld. Und wie ich es immer mache, ich suche und finde darin hier und jetzt einen Sinn und erhalte neue Fragen, die mich, wer weiss, allmählich zur Antwort führen: Wenn es darum geht, vielleicht, dass es bei Frank einen Fachmann für Gefühle nicht braucht? Wenn es einfach darum geht, dass jemand – du vielleicht? – im Gespräch Geschichten erkennt? Wie du letzte Woche sagtest, als wir zusammensassen: In unserem Pingpong hin und her sind Geschichten enthalten, für die, die sie erkennen. *Unsere* Geschichte hat zu guter Letzt die Länge von einem Buch. Wie wär es, wenn du so etwas Ähnliches mit irgendeinem Menschen auf einer Seite der «Leben & Bewegen» machst? Deine Kolumne, die du suchst? Eine Kolumne nach deiner Art? Du könntest die Fährfrau sein, der die Passagiere ihre Geschichten erzählen, per Mail, auf dem Weg hin und her. Den Anfang machen du und ich. Ich bin dein erster Gast, und es läuft noch unter meinem Namen. Als Titel nehmen wir «Vorwort», und das ist dann zugleich mein Schluss, das Ende von meiner kurzen, aber fruchtbaren Zeit bei der «Leben & Bewegen». Fünf Geschichten sind es dann geworden, die in einem meiner Bücher tragende Säulen werden. Dann hat die «Leben & Bewegen» für mich ihre

Aufgabe erfüllt, und meine Reise kann weitergehen. Ich steige ein in den Fluss, von dem die Hopis reden. Ich mache Klar-Schiff und begebe mich auf die Fahrt, und gelegentlich komme ich zurück, um die Fährfrau zu besuchen und ihr von mir zu erzählen.

PPS: Mein «Vorwort» in der «Leben & Bewegen» kann das Schlusswort in einem meiner Bücher sein. Win-win, wie man auf Neudeutsch sagt. Oder wie man schon immer sagte: Zwei Fliegen auf einen Streich!

AW: Im Fluss

JA, ICH WILL! – Wir haben uns zeitgleich geschrieben. Die Verbindung klappt perfekt.

Ein lieber Gruss

Maren

11.

Kopf, Herz und Hand

Betreff: Mail-Geschichten

Hallo Ben, ich nochmals! Das «Ja ich will» war nicht generell gemeint. Nur zu unseren Mail-Geschichten und irgendwann ein Buch. Ich glaube jedoch nicht, dass das mit der «Leben & Bewegen» etwas für mich wäre. Dort würden meine Geschichten in ein Konzept gepresst, was ich nicht wirklich will.

Liebe Grüsse

Maren

AW: Mail-Geschichten

Liebe Maren, vielleicht war das alles viel zu klein gedacht. Du weisst ja, ich habe es eigentlich lieber grösser. Eine grosse Idee braucht einen grossen Rahmen, nur fehlen mir dafür das Wissen und das Können. Aber vielleicht kennst du ja einen Meister des Internets – eine Meisterin wäre mir auch willkommen –, der weiss, wie sich mit Mail-Geschichten Geld verdienen lässt. Der Erzähler muss ja auch von etwas leben. Und dann wäre die «Leben & Bewegen» einfach der passende Rahmen für uns, um zu üben. Das wäre dann der Bach, der zur gegebenen Zeit in einen Fluss mündet.

Herzlich

Ben

Betreff: Kopf, Herz und Hand

Hallo Ben, das trifft es! Mail-Geschichten ja, aber im Grossformat! Wir sollten uns zu diesem Zweck einmal treffen und brainstormen. Oder heart- und handstormen, damit der gute alte Pestalozzi («Kopf, Herz und Hand») auch auf die Rechnung kommt. So gefällt es mir!

Ein lieber Gruss

Maren

AW: Kopf, Herz und Hand

Liebe Maren, brain- und heartstormen, wie du sagst, das ist *unsere* Sache. Aber wo nehmen wir – ich frage dich noch einmal – den Handstormer her? Einer, der die Mechanik kennt, der weiss, wie man aus Geschichten eine Ware formt, die sich handeln lässt? Diesen Handwerker brauchen wir, wenn unser Wolkenflug auf die Erde kommen soll.

Eine ausgezeichnete Networkerin seist du, hast du unlängst einmal gesagt. Ich nehme dich beim Wort und bin gespannt, bei wem du fündig wirst, zum Nutzen für alle drei.

Übrigens: Mein Grossvater war Uhrmacher in seinen jungen Jahren, ein Mechaniker am kleinen, feinen Werk. Später wechselte er in das Versicherungsfach, da war mehr Geld zu verdienen. Grossvater war gern mit Menschen in Kontakt, und das war ja noch die Zeit, als der Versicherungsagent die Prämien persönlich bei den Kunden einkassierte. Der Versicherungsmann kam rum. Er wusste, was im Dorf und bei den Nachbarn lief. Man hat ihm Geschichten anvertraut. Ein Reisender war er, ein Hausierer der besonderen Art. Er hat Sicherheit verkauft, in wohldosierten Mengen. Das gibt es alles nicht mehr. Der kleine Rahmen von einst ist gross geworden, man verliert sich gern darin. Das Mail-Geschichten-Konzept, von dem ich träume, hat auch mit dem zu tun, was Grossvater machte. Eigentlich war es banal und das ist es noch immer. Ums Zuhören ging und geht es, und ums Erzählen mit Gefühl – ums Berühren mit Kopf, Herz und Hand.

Und wie soll es jetzt weitergehen? Wenn du auf den Mechaniker triffst, den wir brauchen, drück ihm doch einfach unsere heutigen Mails in die Hand und noch ein paar von früher dazu, damit er spürt, was wir wollen. – Aber halt, ich merke, dass ich dränge und dass das nicht wirklich hilft. Wozu ich selbst die Gabe nicht habe, das muss ich geschehen lassen. Du weisst selbst am besten, wann und wo und wie ... Aber das weisst du alles selbst. Unterdessen übe ich mich in Geduld, was in eigener Sache nicht meine Stärke ist.

Ich grüsse dich herzlich, wünsche einen geruhsamen Abend und bin gespannt, was aus unseren Mail-Geschichten noch wird.

Und auf ein nächstes Mal

Ben

Betreff: Handwerker

Hallo Ben, ich liebe das Handwerk. Mein Vater war Maurer, er hat eigenhändig ganze Häuser gebaut. Mein Grossvater war Coiffeur, mein anderer Grossvater Bauer, bis es nicht mehr rentierte und er als Hilfsarbeiter in die Fabrik musste. Gestern Nachmittag war ich in der Schreinerei. Ich mache selber meine Weihnachtskarten und brauchte zu diesem Zweck Holzklötzchen, und so war ich beim Schreiner Arpagaus in Lachen. Dieser Duft von Holz! Wie ich das liebe! Die Fichtenklötze in der Hand zu halten. Das Gespräch mit dem Mann, der schon seit 40 Jahren Tag für Tag in seiner Werkstatt steht. Ein Festival für die Hände, für mein Herz und – last but not least – auch für meinen Kopf.

Auch dir einen schönen Abend!

Maren

12.

Win-win

Betreff: Konflikt

Liebe Rosa, lieber Ben, ihr habt mich wegen eines Coachings angefragt, das bringt mich in einen Rollenkonflikt: Freundin oder Coach? Und euer Konflikt weist mich auf einen Konflikt in mir selber hin.

Ich habe zwei Möglichkeiten: Entweder ich wirke an eurem Konflikt mit, damit ich mich mit dem meinen nicht befassen muss, oder ich danke euch, dass ihr mir etwas Wichtiges aufgezeigt habt und bearbeite *meine* Sache weiter. Ich habe mich für das Zweite entschieden.

Ben, die Fährfrau fährt natürlich weiter hin und her und meine Freude an unseren Geschichten bleibt.

Ich wünsche euch Wohlwollen und Respekt, gepaart mit Zuversicht und Vertrauen, damit ihr zu einer Win-win-Lösung findet.

Danke für euer Vertrauen und liebe Grüsse

Maren

13.

Veränderung

Betreff: Gute Wünsche

Liebe Maren, nach langer Funkstille wieder einmal eine Mail. Danke für deine guten Wünsche. Das Gleiche natürlich auch für dich: Ein schönes Weihnachten, geruhsam und gediegen, und dann einen fröhlichen Rutsch, nicht zu glatt, mit genügend Halt, aber doch so, dass es locker läuft.

Die dunklen Wolken bei uns, von denen du auch einiges spürtest, haben nach einem reinigenden Gewitter einer milderen Phase Platz gemacht. Dass du uns zu einem Coaching angeregt hast, war wertvoll, auch wenn du den Job nicht selbst übernehmen konntest. Wir haben unseren Ort dafür gefunden, sodass es wieder vorwärts geht.

Ich grüsse dich herzlich und freue mich auf Neues im neuen Jahr

Ben

AW: Gute Wünsche

Hallo Ben, das freut mich sehr, dass es wieder vorwärts geht. Bei mir ist es ein wenig wie «Gehen am Ort», doch irgendwo in der Tiefe regt sich etwas, das nach Veränderung strebt. Da glüht ein Funke, der – ich spüre es – in absehbarer Zeit zu einem Feuer wird. Das ist ein gutes Gefühl.

Ein lieber Gruss

Maren

Betreff: Feuer

Liebe Maren, dass sich aus dem Funken ein wärmendes Feuer entwickelt, wünsche ich dir von Herzen. Und apropos Veränderung: Es soll ja ein gutes Jahr werden für die, die Veränderungen annehmen können, wenn wir den Astrologen glauben. Ich lese es, verstehe wenig, bin aber begeistert über die Wunder, die das begonnene Jahr den Fischen verspricht, zu denen ich gehöre.

Herzlich

Ben

14.

Von Mensch zu Mensch

Betreff: «Balsam»

Liebe Maren, wie ich von Rosa höre, hast du auch den «Balsam» geschaut gestern Abend spät. Galsan Tschinag, den wir zusammen erlebten. Für mich kam er zur rechten Zeit. Ich weiss jetzt wieder, dass mir dieser Mann mit seinem Wirken halt doch ziemlich viel bedeutet, obwohl ich zum Hand-haben seiner Schamanenmacht auch Vorbehalte habe.

Die gestrige Talkshow hat uns das Schöne und Wertvolle dieses Dichter-Schamanen eindrücklich vor Augen geführt. Kaum nahm er vor der Kamera Platz, ging es in die Vollen. Ein, zwei kurze Fragen und «Balsam» griff schon zu. Handfest, wie wir ihn kennen. War das ein Bild! Wie er die Hände des Moderators in seine Hände nahm, von Mensch zu Mensch! Die Wärme im Gespräch war auch vor dem Bildschirm zu spüren. Das war wirklich «Balsam», auch für meine Seele und noch für viele mehr. Das Berühren hat dieser Mann in der unendlichen Weite der mongolischen Steppe gelernt, wo es ein Wunder ist, wenn Menschen sich begegnen.

Uns entgeht der Wert des Menschen-Wunders nur, weil wir inmitten von Menschen-Wundern leben, wie der Fisch im Wasser. Weisst du noch, wie er davon sprach, damals in Zürich, als wir bei ihm waren, dass die Menschen ohne Zahl, die ihm und uns hier in der Stadt begegnen, alles Wunder seien. Unsere Aufgabe ist es, mit unserem Erleben und unserem Erzählen die Wunder bewusst zu machen, die wir übersehen, weil es so viele sind. Und letztlich geht es auch darum, die Wunder, die wir selber sind, für andere sichtbar zu machen, auf dass sie selbst erkennen, dass sie auch Wunder sind.

Womit ich nun endlich weiss und verständlich erklären kann, was Henry David Thoreau meinte, als er die folgenden Worte sprach: «Was vor uns liegt und was hinter uns liegt, sind Kleinigkeiten im Vergleich zu dem, was in uns liegt, und wenn wir das, was in uns liegt, in die Welt hinaus tragen, geschehen Wunder.»

Schön, dass ich dich ansprechen durfte mit meiner «Balsam»-Geschichte. Aber was sage ich da «durfte», ich habe dich nicht gefragt. Ich habe mir erlaubt, ein Erzähler-Schamane zu sein, und so griff ich einfach zu – einfach, handfest, praktisch.

Und jetzt wünsche ich dir ein schönes Wochenende und grüsse dich herzlich

Ben

AW: «Balsam»

Lieber Ben, ich hätte es nicht schöner sagen können. Mir hat der Auftritt von Galsan Tschinag auch ausgesprochen gut gefallen. Dem Talker, ansonsten wortgewandt, verschlug es sogar die Sprache, und es wurde ab da von Herz zu Herz gesprochen.

Auch freut es mich, dass ich jetzt weiss, warum ich ihn «Balsam» nannte. Ja, da hast du recht: Der Mann ist Balsam für die Seele, für meine Seele auch. Unglaublich, wie viel «Klugheit» – oder passt hier «Wahrheit» besser?

– in unserem Inneren steckt, wenn wir es sprechen lassen. Das sind wahrhaftig Wunder!

Herzliche Grüsse

Maren

15.

Lebenskunst

Betreff: Buch

Hallo Maren, es gibt Neues mein Buch betreffend. Das erste Mal, dass ich von einem Verlag, den ich anschrieb und mit meinem Manuskript bediente, einen Anruf erhielt. Sie baten mich um Geduld, zwei Monate würden sie brauchen, um meine Sache zu prüfen. Stell dir vor, was sind schon zwei Monate! Da bin ich mich anderes gewöhnt. So ein Anruf mag wenig bedeuten, mein Gefühl sagt mir aber, er bedeute in diesem Fall mehr.

Auch da passt Galsan Tschinag hinein, wie ich jetzt beim Schreiben merke. Als Dichter-Schamane sehe ich mich selber auch, aber so richtig wohl ist mir nur in der einen Hälfte davon. Vielleicht muss ich den Schamanen sausen lassen, um nur noch ein Dichter zu sein. Das Berühren geschieht, wo es geschehen will.

Weisst du, was das Schöne ist, wenn ich dir schreiben kann? Ich lerne mich besser kennen. Ich erkenne eine Frage und erhalte dann und wann auch eine Antwort darauf.

Herzliche Grüsse
Ben

Betreff: Lebenskunst

Liebe Maren, meine Mail an dich ging weg, und ich machte mich auf den Weg nach Zürich. Ins Kino wollte ich. Ich hatte von Frank einen Tipp erhalten: «Breath Made Visible», mit und über Anna Halprin, eine schon über 90-jährige Tanzlegende, Pionierin des Modern Dance. Frank hat Frau Halprin in den letzten Tagen in Zürich getroffen und er hat mit ihr gesprochen. Ich nehme an, er schreibt über sie in der «Leben & Bewegen».

Der Film war wunderbar: Die alte Frau und die Geschichten von all den Menschen, die mit ihr und um sie tanzten und die das noch immer tun. Der Film schenkte mir eine Antwort auf die Frage, die ich dir stellte. Den Schamanen sausen lassen? Sollte, müsste ich es tun? Ich muss es nicht. Es genügt, die Optik zu verändern.

Im Leben von Anna Halprin gab es einen entscheidenden Moment. Zuvor habe sie die Kunst zum Leben gemacht, danach das Leben zur Kunst. Und wenn ich jetzt vom Dichter-Schamanen rede, von Galsan Tschinag und von mir, dann sehe ich im Trommeln, Singen, Rasseln und Erzählen in erster Linie die Kunst. Der Schamane ist immer ...

Und dann ruft gerade in diesem Moment die deutsche Klientin an, die einen seltenen Namen trägt. Ich kenne nur noch einen mit dem gleichen Familiennamen und der war Schriftsteller, ein Amerikaner. Ich habe noch nichts von ihm gelesen, aber auf seltsame Weise – ich erzähle dir ein anderes Mal davon – habe ich erfahren, dass der Verleger, der in München über meinem Werk brütet – der andere, nicht Piper – eine Schwäche für diesen Amerikaner und seine Bücher hat. Das ist kein Schriftsteller, der populär wurde, ich habe auch erst kürzlich das erste Mal von ihm gehört.

Würde ich von geistigen Welten und dergleichen viel

halten, würde ich jetzt sagen: Da funkt einer von drüben dazwischen, oder er bietet seine Hilfe an. Und ich sage zu ihm: Mach bitte, was du kannst! Und sollte es nichts nützen, so schadet es bestimmt auch nicht.

Und schon wieder bin ich froh, dass ich dir von meinen Gedanken erzählen kann. Man hört doch immer wieder, es helfe, wenn wir Wünsche nicht nur denken, sondern auch in Worte fassen.

Und dann noch einmal zum Film, den ich gestern sah, und zur Gretchenfrage: Wie hältst du's mit der Kunst? Also wie gesagt: Der Schamane, den ich meine, praktiziert in erster Linie seine Kunst, er ist ein Künstler auf der Bühne. Was Frau Halprin von sich sagt, lasse ich für mich auch gelten. Bis anhin war es mein Versuch, die Kunst zum Leben zu machen. Künftig soll es anders sein: Das Leben wird zur Kunst. Ich will sie Lebenskunst nennen, und der Autor und Dichter-Schamane ist dann ein Lebenskünstler.

Und dann noch etwas ganz banal: Den Film, den Frank mir empfahl, kann ich auch dir empfehlen. Es ist wahrhaftig eine Kunst, das Wunder des Menschen zu feiern.

Herzliche Grüsse
Ben

AW: Lebenskunst

Hallo Ben, bin zurzeit etwas unter Druck. Zum einen habe ich viele Schüler, die sich auf den Übertritt ins Gymi und für die Aufnahmeprüfung vorbereiten, andererseits geht es meiner Mutter nicht gut. Als Tochter ist man immer sehr verknüpft. So geniesse ich die Zeiten, die ich für mich habe. Das ist Lebenskunst für mich. Das Leben als Kunst zu sehen, war schon immer meine Optik. Ich dachte mir auch immer, wenn ich mal berühmt bin und jemand mich nach meinem Beruf fragt, sage ich: «Lebenskünstlerin!» Auch mein Atelier heisst ja nicht umsonst, wie es heisst, nicht Lernstudio oder so.

Für mich sind alle Menschen Künstler. Einmal, als ich mit Carlo, meinem Schamanen-Lehrer, über ein bestimmtes Thema sprach – ich weiss nicht mehr, was es war –, sagte er zu mir: Schau Maren, das Leben ist eine Bühne und wir sind die Akteure. Du kannst auch ab und zu die Adleroptik einnehmen und dir von oben das Stück anschauen, in dem du gerade spielst. So nimmst du dich aus deiner Rolle heraus.

Alle spielen wir auf dieser Bühne, alle sind wir Künstler, aber die Art der Performance unterscheidet sich. Es ist schon interessant, dass man das Wort Performance, das seinen Ursprung im Theater hat und da eine Form von Aktionskunst ist, auch in der Wirtschaft verwendet. Aus der Aufführung wird im Business Leistung. Spiel und Bühne bleiben da wie dort, Spieler sind wir immer.

Jetzt muss ich los. Ich schaue mir heute ein Sportgymnasium an. Auch da geht es mehr um die Leistung als um die Aufführung. Leider, aus meiner Sicht.

Liebe Grüsse
Maren

AW: Lebenskunst

Liebe Maren, danke für die neue Optik. Performance, von der die Banker reden, und Performance in der Kunst. Wenn ich dich richtig verstehe, ist die sogenannte Leistung, im Sport wie in der Wirtschaft oder wo auch immer, nur einfach ein Akt im aktuell gespielten Stück?

Herzliche Grüsse

Ben

16.

Innerer Reichtum

Betreff: Geschälte Zitrone

Liebe Maren, ich stöbere in alten Sachen – nicht wirklich alt, nur fünf Jahre vergangen – und stosse auf Worte, die *du* mir geschrieben hast. Im Frühling 2005 war das, als ich dir eine Urfassung meines Manuskripts zu lesen gab. Es scheint mir der richtige Moment, um dich an deine Worte zu erinnern. Es geht dir ja gelegentlich ähnlich wie mir, und dann sprichst du auch zu dir selbst. Du schriebst es auf eine Karte, die eine Zitrone abbildet. Die Frucht ist schön ins Bild gerückt, das Ganze ist ein Kunstwerk.

Du hattest meine Geschichten gelesen und teiltest mit – teiltest es mit mir –, wie es dir beim Lesen erging: «... Langsam die Frucht geschält, und was fand ich: ... Ich möchte dich ermutigen, weiter zu schreiben und deinen inneren Reichtum mit anderen Menschen zu teilen.»

Gut gereift sind deine Worte. Da ist es wie beim Wein. Das Potenzial spürst du von Anfang an, aber dann braucht es noch ein paar Jahre, bis es sich entfaltet.

Ich stöbere in den alten Sachen zum einen, weil mein Schritt in die Öffentlichkeit – mein Schritt zum Teilen hin, wie du es nennst – jetzt naht. Ich stöbere in meinen alten Sachen aber auch, weil ich etwas Bestimmtes suche. Es hat mit Anton zu tun, der vor sieben Jahren als 15-Jähriger aus dem Leben ging. Es hat mich damals geschüttelt, und es geht mir auch jetzt wieder nah, was vor wenigen Tagen geschah. Hast du Andrin gekannt? Anton und Andrin waren Kinder-Freunde von David. Sie haben viel miteinander geteilt. Gestern Abend kam David heim und sagte kurz und trocken, Andrin habe sich das Leben genommen am Wochenende. Nicht weniger und nicht mehr hat er gesagt. Du kennst ja David. Er redet nicht viel über seine Gefühle. Es ist schon verrückt, jetzt ist der zweite Kinder-Freund von David von dieser Welt gegangen mit einem Suizid.

Anton und Andrin hatten eines gemeinsam, sie waren originell. Ureigen waren sie. Das war es wohl auch, weshalb sie und David sich fanden. Unvergessen ist für mich der Moment – die Bilder bleiben haften –, als die drei in Endes «Momo» Zigarren rauchende «Graue Männer» waren. – Eigentlich bin ich mir nicht sicher, ob Anton auch einer der «Grauen Männer» war oder ob er eine andere Rolle spielte. Andrin und David hatten aber auf jeden Fall eine dicke Zigarre im Mund. – Und jetzt ist Andrin tot.

Was ist es nur!!! – ich muss es schreien, nur fragen genügt mir nicht –, das junge Männer unversehens aus dem Leben drängt. Warum sehen sie keinen anderen Weg? Hat es mit den «Grauen Männern» zu tun, dass sie keine Chance für sich sehen? Keine Chance, sich selbst zu sein? Diese Welt braucht doch originelle, junge Männer. Junge Frauen natürlich auch. Aber das Problem in diesem Fall sind wohl wirklich die Männer – die «Graue Männer» von «Momo».

Wie ist es mit dem, was du schreibst? Deinen Roman meine ich. Geht es da nicht auch um einen jungen Mann?

Und hast du nicht erzählt, dass dieser Bursche einen Lehrer hat – oder eine Lehrerin? –, der ihm hilft und ihn versteht? Ist deine Geschichte eine Geschichte, die jungen Menschen Mut macht, nicht aufzugeben, bis sie sich selber finden? Mir scheint, diese jungen Originellen bräuchten die Fürsprache von Lehrerinnen und Lehrern – oder wem auch immer –, die sie durchhalten lässt, bis die Gesellschaft ihre Werte erkennt und auch sie selber ihre Begabungen annehmen können.

Ich weiss natürlich schon, dass ich auch mich selber meine. Auch ich will ein Fürsprecher sein, ein Mutmacher für die Originellen, ob sie jung sind oder alt. Wer immer die Gabe hat, eine Mutmacher-Geschichte zu erzählen, soll und muss das tun.

In diesem Sinne rufe ich dir und all den anderen zu: Mutmacher kommt hervor! Es ist an der Zeit, dass Ihr euch zeigt, dass wir uns endlich zeigen. Und sei der Mut noch Wut, dann hat dies auch sein Recht. Wird die Wut auf die «Grauen Männer», mit Witz, Humor und origineller Kraft, nicht mehr im Dunkeln gehalten, dann wandelt sie sich zum Mut.

Danke, dass ich meine Gedanken auf diese Weise loswerden durfte. Und sag mir bitte: Ist der Lehrer, ist die Lehrerin in deiner Geschichte vielleicht auch ein Mensch mit Wut. Ich hätte dafür Verständnis. Ich fände es gut, wenn er oder sie es auch zeigt. Wird nicht schon viel zu lange geschwiegen zu dem, was mit den jungen Menschen in unserer Gesellschaft geschieht, wenn man sie zurechtbiegt, bis sie in den Raster passen?

Nicht jeder ist stark genug, um sich über Jahre und Jahrzehnte seinen Platz zu schaffen. Die einen gehen zu früh.

Herzliche Grüsse

Ben

PS: Geschwiegen wird eigentlich nicht zu dem, was ich sage, aber es fehlen bis jetzt die Geschichten, die in die Herzen dringen, nicht nur zum gescheiten Kopf.

Betreff: Märchen-Roman

Liebe Maren, meine Mail an dich war gesendet, und ich machte mich daran, im Internet nach den Spuren von «Momo» zu forschen. Was ich dabei fand, hilft mir zu verstehen. Mein PS muss ich ergänzen: Geschichten, die in die Herzen dringen, gibt es viele – «Momo» ist eine davon –, aber man hat sie zu Märchen verklärt. Michael Ende habe daran gelitten, sagt man, dass man seine Geschichten zwar als eigene Gattung verstand, ein originär-originelles Werk, dass man diesem Werk aber den Stempel «Märchen» aufdrückte. Für Ende selber waren seine Geschichten nahe an der Welt gebaut. Zwischen da und dort nur eine feine Gaze, durchscheinend für den, der durchblicken will und kann.

Und so zeigt sich Ende mir, mit Anton und Andrin zur Seite. Sie saugen an ihren Zigarren, sind jung wie einst, mit Mut, Vertrauen und der Gabe, die Kindern eigen ist, die Phantasia mit der Erde verbindet, und Meister Ende spricht: «Jetzt wisst ihr, meine Lieben, wie ihr es machen müsst. Wer dahin kommen will, wo wir jetzt sind, in unseren erlauchten Kreis, dem geben wir den Rat: Werdet wie die Kinder, aber wartet nicht bis ans Ende. Macht vorwärts, macht es sogleich!»

Jetzt ist mir wieder leichter.

Ich grüsse dich noch einmal

Ben

Betreff: Wütend

Hallo Ben, ja, die Lehrerin in meiner Geschichte ist auch wütend. Doch sie teilt eine gewisse Sehnsucht mit diesen jungen Männern und sie hat auch Verständnis für sie. So würde ich einen deiner Sätze umformulieren und sagen: Nicht jeder ist stark genug, um sich aus dem Leben zu katapultieren ...

Nein, ich habe Andrin nicht gekannt, doch ich fühle mich ihm über David, Lena und all die anderen, die ihn kannten, verbunden. Auch ich bin am Überlegen, was ich tun kann.

Was ich im Moment mache: Ich arbeite jeden Tag mit diesen Jugendlichen. Ich spreche mit ihnen über ihre Gefühle und lasse sie Antons und Andrins sein. Immer häufiger kommen sie zu mir. Derzeit lauter junge Männer im Gymi-Alter!! Ist auch kein Zufall, oder?!? In zwei Minuten kommt wieder so ein Andrin, und vor zehn Minuten ging ein Andrin zur Tür hinaus.

Ich hoffe, wir finden einmal Zeit, um uns darüber auszutauschen, damit wir all den Antons und Andrins Vorbilder sind und sie sehen, dass man über Gefühle sprechen kann und sein Inneres nicht zu verbergen braucht.

Liebe Grüsse und einen schönen Abend

Maren

AW: Wütend

Liebe Maren, ich verstehe, was du meinst, wenn du meinen Satz neu formulierst. Das ist es aber gerade, was mich traurig macht und meinen Kampfgeist weckt. Es sind die Starken, die viel zu bieten hätten. Natürlich sind sie nicht weg, wenn wir die Welt in ein grösseres Ganzes einbetten. Aber sie fehlen in unserer Form, um den Himmel auf der Erde zu schaffen, von dem Meister Ende spricht. In diesem Sinn: Ja, lass uns bei Gelegenheit die Mussestunden finden, die wir brauchen für den Austausch, von dem du sprichst.

Und dann schicke ich dir noch eine Geschichte mit. Das ist mein nächster Beitrag für die «Leben & Bewegen». Was ich Anzündhilfe nenne, ist es doch generell, was Alt und Jung auf der Lebensreise brauchen. Und dann fällt mir bei diesen Worten noch einmal Anton ein, der Kinderfreund von David, der ein begeisterter Feuerwerker war. Jetzt ist er, über ein paar Jahre etabliert, Sprengmeister Anton im Himmel.

Herzliche Grüsse

Ben

Feuer anzünden

Bei uns um die Ecke steht ein Einkaufsladen, wo man fast alles erhält, was der praktische Alltag verlangt: Gemüse, Obst, Mehl, Saft, Bier, Wein, Töpfe, Pflanzen, Hacken, Schaufeln, Pinsel, Seile, Beile, Blumen, Kleider, Schuhe, Hüte, Gummiknochen für den Hund und Futter für die Katze, Leitern, Hämmer, Sägen, mit Motor und ohne, Besen, Schaber für den Schnee, Mäher für den Rasen und Holz für den Kamin. Ich staune immer wieder, wie viel sich auf kleinem Raum an Ware feilbieten lässt.

«Bauernverein» heisst der Laden ganz unzeitgemäss. Andere sagen «Bauernmühle», weil sie hier seit langer Zeit auch Futter, fein gemahlen und gemischt, für Schwein und Rind erstehen. Das ist die landwirtschaftliche Ein- und Verkaufsgenossenschaft von einst, aus der, was wir heute kennen, über die Jahre und Jahrzehnte herausgewachsen ist. Das aber ist es nicht, wovon ich erzählen will. Ums Feuer geht es mir und um die kleinen Dinger, die beim Anzünden hilfreich sind. Auch diese gibt es zu kaufen in unserem «Bauernverein».

Am Freitag letzte Woche hatten wir Besuch, und weil es gemütlich werden sollte – ein Winterabend mit Freunden am Kamin – und die Anzündhilfen ausgegangen waren, schaute ich nach Arbeitsschluss beim «Bauernverein» hinein. Das letzte Mal, als ich Anzündhilfen kaufte, lag mehr als ein Jahr zurück. Ein Pack mit fünfzig Stück hält reichlich lange an. Wo ich sie finde im Gestell, hatte ich inzwischen vergessen, oder sie waren nicht mehr da, wo sie für gewöhnlich waren.

Ich ging den Laden ab, Reihe um Reihe, Gestell um Gestell, und es geschah, was immer geschieht, wenn ich im «Bauernverein» bin. Ich finde Dinge, die ich nicht suche, Dinge, die ich nicht will. Heute sind es Riesenorchideen, ich kann ihnen kaum widerstehen. Orchideen sind meine Leidenschaft. Ich schliesse die Augen und schaue weg und komme an den Blumen vorbei, ohne eine zu kaufen. Das Suchen nimmt seinen Lauf. Auch die Ware für den Garten, für die Tiere und für den Hof lasse ich hinter mir, wie auch das Werkzeug für die Werkstatt. Es folgen Stiefel und Schuhe zu meiner linken Hand und Hüte obendrauf. Rechts liegen Kleider in Mengen. Mein Blick streift über die Dinge, und er bleibt hängen an einem Mann, der mir entgegenkommt. Er schaut mich zögernd an. Ich selber zögere auch.

«Ich weiss, dass wir uns kennen, aber sag mir, wer du bist.»

«Stefan», sagt der Mann, und «Ben» sage ich, und beide sind wir uns bewusst, dass Jahre vergangen sind, seit wir uns das letzte Mal sahen.

«Du wohnst noch immer da oben, hinten im Wägital?»

«Da, wo ich damals schon war. Und du, was machst du immer?», geht seine Gegenrede.

«Anwalt bin ich, auch wie ich immer schon war. Haus und Büro um die Ecke. Haus und Büro gleich hier. Und bei dir, was macht die Kunst?», will ich von ihm dann wissen.

«Das ist Geschichte, das war einmal.»

Dann stellt er mir die Frage, ob ich politisch noch aktiv sei.

«Da ist es mir ergangen, wie es dir mit den Künsten ging. Es waren gute Zeiten, auch immer wieder heftig. Viel

Leidenschaft, aber nicht so viel Ertrag. Das ist vorbei, anderes hat jetzt Platz.»

Er arbeite wieder mit Kindern, sagte Stefan auch. – Ich hatte nicht gewusst, dass er das früher machte. Ich wusste nur wenig von ihm, und er wusste wenig von mir.

Stefan war ein Weber, ein Weber der besonderen Art: Mit Draht wob er Stoffe, und er formte Skulpturen daraus. Ich hätte ihm gern von meinem Neuen erzählt, das ich Geschichten nenne, aber die Zeit war dafür zu knapp, wir hatten es beide eilig. Ich fragte an der Kasse, wo die Anzündhilfen seien, und als ich an die besagte Stelle kam, war Stefan auch schon da. Er nahm zehn Pack, ich nahm deren zwei. Er brauche sie täglich, er brauche viel, er heize sein ganzes Haus mit Holz. Und beide waren wir des Lobes voll über die praktischen kleinen Hilfen. Holzwolle, gedreht und geformt und in Paraffin getaucht, damit sie kräftig brennen und das Holz sich daran entzündet. Es geht ganz leicht. Die Kunst, ein Feuer zu entfachen, wird mit den Anzündhilfen zu einem Kinderspiel.

Dann noch ein letzter Blick und noch ein letztes Wort, wir mussten beide weiter. Und als ich aus dem Laden trat, in den Abend, in die Nacht, war ich mit einem Bein noch da, wo ich neben Schuhen, Kleidern, Hüten Stefan, meinen Künstler-Bekannten, traf. Ich sah ihn, und er sah mich. Ich fragte, wer er wäre. – Fragen, Augen, Blicke können hilfreich sein. Anzündhilfen sind sie dann – praktisch, nützlich, um ein Feuer zu entfachen. Und wenn ich nun erzähle, dann kommt es mir so vor, als ob, was ich jetzt mache, ähnlich ist wie das, was Stefan früher machte. Ich sammle Wolle, Fäden, ich sammle Stoff, den ich zu Teppichen webe, zu Tüchern und zu Decken. Ein Teppich, auf dem ich fliege. Eine Decke, die mich wärmt.

Künstler können Anzündhilfen sein, gedreht, geformt, getaucht in Freude und in Spass, gelegentlich auch in Schmerzen und bestimmt in Leidenschaft.

17.

Ohne Wenn und Aber

Betreff: Was tun?

Liebe Maren, ein paar Gedanken noch, bevor es Abend wird, zu dem, was du gefragt hast: «Was können wir tun?» – Ich sagte: «Du tust es schon.» Das war nicht falsch, aber dabei fehlt noch etwas.

Haben diese jungen Männer eine Vision die Welt und ihr Leben betreffend? Ich kenne ihre Visionen nicht. Kennst du sie, die du täglich mit ihnen zu tun hast? Was ist ihre Vision? Gibt es dafür eine Sprache? Gibt es Bilder, gibt es Geschichten? Gibt es Farben, Töne, Musik? – Musik, die gibt es, ja: Pop, Rock, Jazz und all die freieren Formen des instrumentalen und gesanglichen Ausdrucks sind doch eigentlich Formen, die, wenn sie neu sind, noch den Jungen gehören. Erst allmählich werden die Spieler und die Sänger und mit ihnen die Formen alt. Und dann entstehen wieder und wieder neue junge Töne.

Wie aber drücken sich die Jungen aus, die keine Musiker sind? Ich weiss es nicht. Weisst du es? Wie drücken sich die Jungen aus, die deine Hilfe suchen?

Wenn sie zu dir kommen, geht es zuallererst, wie es auch bei unseren Söhnen war, um das Wissen und das Können im Hinblick auf die Schule. Das ist der erste Anstoss, dass sie zu dir kommen. Dass bei dir dann mehr geschieht als die blosse Wissensvermittlung, ist mir natürlich klar, auch mehr als nur ein Coaching, das über die nächste Hürde hilft. Sag aber, Maren: Gibt es eine Möglichkeit, im Rahmen deines Wirkens auch junge Visionen zu entdecken? Gibt es da einen Boden, auf dem neue Pflanzen wachsen? Ist es das, was fortzuentwickeln wäre?

Ich habe selbst keine Antworten auf meine Fragen, hoffe aber sehr, dass du und andere, die sich so intensiv um die jungen Menschen kümmern, Antworten finden werden. Eigentlich bin ich mir sicher, dass die Antworten schon da sind, sonst gäbe es die Fragen nicht. Das ist *meine* Vision. Das ist *meine* Sicht der Dinge. Wenn alles Sinn macht, und daran zweifle ich nicht, dann hat auf eine Frage, wenn einer die Frage stellt, ein anderer oder eine andere seine oder ihre Antwort bereit. Die Schwierigkeit ist nur, die Frage zur Antwort zu bringen.

Und noch etwas zu dem, was du sagtest: Vorbild sollten wir sein, was unsere Gefühle anbelange. Da hast du sicher recht. Ich danke dir für den Anstoss, den du mir gibst. Mein Erzählen ist meine Form, zu meinen Gefühlen zu stehen. Das ist *meine* Art, jungen Menschen ein Vorbild zu sein. Wenn einer in meinem Alter – ein «gestandener Mann», der über viele Jahre seine Anwaltspraxis betreibt – seine Gefühle auf den Markt trägt, dann sollten auch junge Männer zu solchen «Dummheiten» fähig sein.

Eigentlich geht es doch einfach darum, seine Scham und Scheu zu überwinden und der, der du bist, zu sein, statt nur einer wie viele. Einer muss sich als Erster zeigen. Und dann noch einer und noch einer und noch einer, und plötzlich ist kein Halten mehr, weil sie die Schönheit entdecken am Sich-selber-sein.

Vorbild zu sein, mutig, wenn es um die eigenen Gefühle geht, ist das eine. Da sind tatsächlich wir gefordert und erhalten wir unsere Chancen. Dann aber braucht es auch eine Vision der Jungen, die ihnen den Glauben gibt, dass sie die Welt gestalten können. Wir taten uns zusammen, als wir jung waren, und gründeten eine Partei. Wir glaubten an die Kraft zum Wandel, und wir haben – viele von uns auf jeden Fall – den Wandel tatsächlich erlebt. Wir wandelten uns selbst, und mit uns wandelte sich die Welt.

Aber nicht, dass ich jetzt meine, die Jungen müssten wieder daran gehen, politische Parteien zu gründen. Ich weiss nicht, was die Aufgabe der heutigen Jungen ist, aber ich weiss, dass sie eine Aufgabe haben, und ich hoffe einfach sehr, dass sie ihre Aufgabe finden.

Ob Andrin seine Aufgabe fand? Auch da habe ich Hoffnung. Ich suche und finde Sinn in dem, was auf den ersten Blick nur einfach tragisch scheint. Ich erinnere dich an meine neuste Geschichte für die «Leben & Bewegen», und ich stelle mir die Frage: Ob Andrin auch ein Feueranzünder war? Einer mit grossem Mut, mit dem er das Unwiederbringliche tat? Alles oder nichts? Bei mir hat sein Abgang von dieser Welt auf jeden Fall das Feuer geschürt, das ich brauche, um zu tun, was ich wirklich will.

Herzliche Grüsse
Ben

Betreff: Visionen

Hallo Ben, du fragst mich nach den Visionen. Dazu kann ich Folgendes sagen: Die Primarschüler, die kleinen, möchten alle Tennis- oder Fussballprofi werden. Sie haben noch Träume, das ist toll. Sie sind noch sehr aktiv. In der Sekundar- und Realschule wird es schwierig. Sie werden eingeteilt, und die ersten Träume platzen. Die Noten sind nicht gut genug, um dies oder das zu werden. Sie werden passiv. Die Gymi-Schüler, die ich betreue, haben kaum mehr Träume. Ich versuche, in ihnen die Erinnerung zu wecken. Ab und zu flackert etwas auf, ihre «Kinderaugen» leuchten. Doch oft bleibt es beim kurzen Augenblick, bevor sie der Ernst des Lebens wieder packt.

Ich bin überzeugt, dass es meine, unsere Aufgabe ist, dafür zu sorgen, dass ihre Sehnsucht und ihre Träume eins werden können mit der Realität des Lebens. Also sollten wir in dieser Hinsicht aktive Vorbilder sein. Ein Geschichten erzählender Anwalt ist dafür ein gutes Beispiel, WENN er sein eines Wirken vom anderen nicht trennt. Dann merken die Jugendlichen, dass ihre Träume und ihre Wünsche Teil dieser Lebenswirklichkeit sind. Solche Vorbilder braucht die heutige Jugend. Menschen, die die Normen sprengen. Menschen, die originell sind. Menschen, die schöpferisch mit sich, ihrer Umgebung und mit ihrer Zeit umgehen.

Übrigens habe ich mir «Momo» nochmals gekauft. Jetzt ist die Zeit dafür wieder da.

Liebe Grüsse

Maren

Betreff: WENN

Liebe Maren, ich habe deinen Anstoss verstanden, deine Frage auch. Ich sage: Ja, ich will, ich werde es tun. Ich werde den Anwalt und den Träumer verbinden. Das, genau das ist es, was ich seit geraumer Zeit will, auch wenn ich es mir erst jetzt ganz und gar bewusst geworden bin. Es braucht, wie es scheint, gelegentlich einen Schlag mit dem Hammer.

Und was «Momo» anbelangt: Ich habe «Momo» noch nie gelesen, werde es aber tun, wenn es an der Zeit ist.

Und schliesslich noch danke, dass du mich an deinen Erfahrungen mit den Kindern und Jugendlichen hast teilhaben lassen.

Herzliche Grüsse

Ben

AW: WENN

Hallo Ben, dann ist mir das WENN wohl etwas zu gross geraten! Ich wollte dir keineswegs vor-schreiben, was du zu tun hast ... Und das WENN war auch für mich bestimmt. Es gäbe (Konjunktiv II!) dann ja bei mir schon auch noch Teile, die in den Alltag zu integrieren wären. Ich habe ja auch immer noch die Tendenz, mich hinter der Sprachlehrerin zu verschanzen. In Tat und Wahrheit aber arbeite ich schon lange anders. Doch dieses Andere auszudrücken, fällt nicht immer leicht ...

Mir gefällt übrigens deine Zeusler-Geschichte gut. Es ist interessant, wie das Thema Feuer bei dir immer wieder aufflackert, oder auflodert sogar. Wo ist dein Feuer? Wo brennt es bei dir? Aber auch: Wo verbrennst du dir die Finger? Letzthin hatten wir Besuch von Lenas

Patenkind und ihrer kleinen Schwester. Die Kleine sagte: «Ich kann jetzt schon ein Zündhölzli anzünden. Im Religionsunterricht hat die Lehrerin uns gezeigt, wie man eine Kerze anzündet.» Passt doch wunderbar. – Religion, religio, zurück zu unserem Feuer?

Ich habe gestern mit «Momo» begonnen. Sie sei eine begnadete Zuhörerin, heisst es. Ich sage das auch von mir. Was haben Momo und ich wohl sonst noch gemeinsam? Danke, dass du mich an das Buch erinnert hast.

Herzliche Grüsse
Maren

AW: WENN

Liebe Maren, «passt scho!», sagen sie in Österreich. «Scho rächt!», sagen wir. Für mich ist dein WENN keine Spur zu gross geraten. Ich habe es als Frage genommen. Sie kam zur rechten Zeit, als ich bereit war, ohne Wenn und Aber meine Antwort darauf zu geben. Ohne WENN und ABER. Erst beim Schreiben fällt es mir auf. Wenn die Sache reif ist, fallen WENN und ABER weg, dann geht es plötzlich leicht.

Das mit der Religion passt auch. Und über das Feuer denke ich nach. Auch über das Finger-Verbrennen.

Herzliche Grüsse
Ben

18.

Geborgenheit

Betreff: Träumen

Hallo Ben, ich war ja mal in diesen Traumseminaren bei Carlo. Wir hatten so ein Traumkleid fabriziert und mussten uns den ganzen Tag, wenn wir einander begegneten, sagen: «Ich heisse … und ich träume.» Wir träumten den Traum des Wachseins. Das war ganz interessant. Zu Beginn fand ich es einfach nur lustig, wie das Spiel «verkehrte Welt», doch nach zwei, drei Tagen wurde wirklich alles ein Traum. Der Traum der Nacht ging nahtlos in den Traum des Tages über. Grenzen lösten sich auf. Es gab keine WENNS und keine ABERS mehr, es gab nur noch die UNDS.

Re-ligio als Rück-verbindung. Ob Bindung das Zauberwort ist? Fehlt es den Jungen an Bindung? Geht es um Verbindlichkeit? Bindungen – auch auf den Skiern – geben Halt. Halt gibt Geborgenheit. Ist es die Sehnsucht nach der Geborgenheit, die manche in den Tod treibt? Die Seele kehrt vorzeitig (oder rechtzeitig, wir wissen das ja nicht!) zu ihrem Ursprung zurück? Ich habe es zwar als Frage formuliert, doch bin ich überzeugt, dass heute vielen Jungen – wie uns Älteren auch – in dieser unserer Welt wirklich die Geborgenheit fehlt.

Liebe Grüsse
Maren

Betreff: Bindung

Liebe Maren, ja, ja, ja … Ich spüre deutlich, dass es genau – so – ist: Während ich bei dir von Re-ligio, von Traum und Geborgenheit lese, stellen sich mir die Haare vom Kopf bis zu den Füssen. So geht es mir immer, wenn etwas meine Mitte erreicht. In solchen Momenten spüre ich meine Bindung und meine Geborgenheit. Solche Momente müssten auch junge Menschen erleben. Aber was sage ich «müssten». Vielleicht tun sie es auch, aber merken es nicht, weil die Geborgenheit für sie auch der Ort der Gefangenschaft ist. Der Ort, wo sie Fesseln tragen, von denen sie freikommen wollen. Vielleicht unterscheiden wir uns von den Jungen viel weniger, als wir glauben. Ich habe auch ziemlich lange gebraucht, bis ich meinen Wunsch nach Geborgenheit hörte. Zuvor rief es nur, beständig und sehr laut: Frei, frei, frei! Immer freier will ich sein!

Schön, wie du das vom Traumseminar erzählst. War das der Ort, wo du übtest? Mir auf jeden Fall kommen meine Seminarerfahrungen in grosser Zahl, wenn ich heute daran denke, immer mehr als üben, üben, üben und noch einmal üben vor. Geht es vielleicht einfach darum, dass auch die Jungen ihre Übungsfelder finden. Üben und üben und üben, um mich selbst zu werden, der ich schon immer war? Geht es einfach darum, den Ort zu finden, wo mich das Üben bei der Stange hält, um die Zeit zu überdauern, bis ich mich selber finde? Die einen suchen lange. Vielleicht ist die Geschwindigkeit das grösste Problem in unserer Zeit. Alles muss sogleich sein. Niemand hat mehr Zeit zu warten, bis die Dinge passen.

Und dann noch etwas ganz anderes: Heute habe ich gelesen, dass ab nächster Woche «Alice im Wunderland», eine neue Disney-Verfilmung des bekannten und gleichzeitig neuen Stoffs, in den Kinos läuft. Neu ist die Geschichte im Film, weil Alice erwachsen wird, 19 Jahre alt. Ich bin gespannt, was sie daraus machen.

Herzliche Grüsse

Ben

19.

Suchen und Finden

Betreff: Nachtcafé

Liebe Maren, «Nachtcafé», kennst du sie auch, die spätabendliche Plauderrunde bei Wieland Backes, am Freitag auf SWR? Ich schaue immer wieder gern hinein. Gelegentlich, selten zwar, ist es statt Plaudern mehr Kampf. Aber dem Moderator gelingt es immer, die Streithähne streiten zu lassen, ohne dass die Fetzen fliegen. Kämpfen, ohne zu verletzen. Es ist die Kunst des Bauern, nicht der Hähne, die Ordnung im Hühnerhof schafft.

«Sinnsucher und Heilsversprecher» war das Thema letzte Woche. Da konnte ich natürlich nicht fehlen. Alle waren sie da, die zu der Geschichte passten. Die Schamanin und Heilerin, geheimnisvoll, aus dem «dunklen Afrika». Sie kämpfte wie eine Wilde. Ihr Gegenspieler war ein ebenso wilder Mann, der nur Macht und Mache sah. Dann kam der Philosoph ins Spiel, zurückgelehnt, mit Distanz und über dem Kampfgetümmel – du weisst schon, wie «unser Freund Ivan» –, bis es ihn unverhofft packt. Der Pfarrer, ihm gegenüber, hat es geschafft, ihn aus der Reserve zu locken. Der Pfarrer scheint tolerant und ist doch innen drin verschlossen. Er weiss, er weiss, und allen gibt er recht: «Gemach, gemach! Sind nur noch nicht so weit. Die Not wird es schon richten, am richtigen Ort zur richtigen Zeit, dass auch sie auf die richtigen Wege finden.»

Dann zurück auf die andere Seite. Dort sitzt, geduldig und überzeugt, eine strahlend sichere Frau. In ihrer Pfingstgemeinde wird sie «grosse Prophetin» genannt. Aus der Ruhe bringt man sie kaum. Auch sie hat Gott gefunden. Die Prophetin und der Pfarrer wissen, wo Gott hockt.

Und dann waren da noch zwei, drei andere, die mir nicht mehr einfallen wollen. Zu sehr habe ich mich selbst an ihren Platz geträumt. Und dabei fiel mir ein, dass all das Suchen nach Gott und nach den Göttern, nach mir selbst und nach dem Heil, in erster Linie eine Frage des Alters ist, nur eine Frage der Zeit – das Finden ganz bestimmt. Die einen finden früh, die anderen erst am Ende.

Herzliche Grüsse

Ben

Betreff: Suchen – Finden

Hallo Ben, in deiner Mail ging es letztendlich um das Suchen und das Finden. Zuerst wurde aber mächtig gestritten. «Nachtcafé»! Schon der Name ist gegensätzlich. Zu viel Koffein putscht auf, und das zu später Stunde.

Achaan Chah, bei dem Jack Kornfield, der buddhistische Lehrer, lernte, beschreibt diesen Kampf wie folgt: «Wir menschliche Wesen befinden uns dauernd im Krieg, um der Tatsache zu entfliehen, dass wir so begrenzt sind – eingeschränkt durch Umstände, die wir nicht unter Kontrolle haben. Doch anstatt ihnen zu entkommen, erzeugen wir ständig nur Leiden; wir führen Krieg gegen das Böse, wir führen Krieg gegen das, was zu klein ist und gegen das, was zu gross ist, wir führen

Krieg gegen das, was zu kurz und zu lang ist, was richtig oder falsch ist, wir kämpfen tapfer und besinnungslos immer weiter und weiter.»

Dann stosse ich noch auf den folgenden Gedanken auf der Webseite, auf der ich die schönen Sätze fand, die ich hier zitiere: «Psychotherapie baut das Ich auf, Spiritualität baut es ab.»

Schön gesagt, nicht? Und dann weiter: «Du musst zuerst Jemand werden, um Niemand werden zu können.»

Ist es das, was du willst?

Liebe Grüsse

Maren

Betreff: Moderator

Liebe Maren, ja, du hast recht. Du hilfst mir zu erkennen, was ich suchte und was ich fand. Zuerst aber habe ich mir ein wenig den Kopf zerbrochen über das, was du zitiertest: «Zuerst Jemand werden, um Niemand werden zu können.» Das war zu kompliziert für mich. Zwar schön gesagt, aber doch zum Kopfzerbrechen. Würde ich aus meinem Denken noch immer ein Konzept formen wollen, dann käme es genauso heraus. Nicht falsch, sondern richtig und wichtig für die, die gleich kompliziert sind wie ich. Ich komme darauf zurück.

Zuerst aber noch zum heutigen Tages-Anzeiger. Da lese ich etwas Interessantes zum Thema, das uns umgetrieben hat in den letzten Wochen. Heute jährt sich der Amoklauf im deutschen Winnenden. Was dort geschah, wirkt nach. Gisela Mayer heisst die Frau, 53-jährig, Ethiklehrerin, die sich im Zeitungsinterview äussert. Ihre Tochter, Nina Mayer, war 25 Jahre alt, als sie vom amoklaufenden Ex-Schüler, 17-jährig, umgebracht wurde. Die Mutter der Getöteten weigert sich zu schweigen. Sie hat ein Buch geschrieben, das jetzt bei Ullstein erscheint. Das Buch trägt den Titel «Die Kälte darf nicht siegen – Was Menschlichkeit gegen Gewalt bewirken kann». Es ist kein versöhnliches Buch. Die Frau ist zornig, sie klagt an. Sie spricht von der Verrohung der Gesellschaft. Sie rechne hart ab mit Eltern, Medien und Lehrern, heisst es in der Zeitung.

Ich kann ihren Zorn verstehen. Sie hat ihre Tochter verloren durch eine, wie sie sagt, gänzlich sinnlose Tat. Mit ihrem Schreiben versucht sie, dem Sinnlosen doch noch einen Sinn zu geben, ebenso mit dem Gründen einer Aktionsgruppe von Betroffenen kurz nach der furchtbaren Tat.

Über ihre Tochter sagt die Frau im Interview: «Nina war ein sanfter und warmer Mensch, der sich für Schwache einsetzte – dafür war sie weniger durchsetzungsstark. Ihre Fähigkeiten bräuchten wir heute so sehr!»

Das Ausrufezeichen steht auch in der Zeitung. Die Frau hat es, wie es scheint, mit Vehemenz gesagt. Versöhnlich in gewissem Sinne ist Frau Mayer dann doch. Sie selbst stellt nämlich die Frage, was in den 17 Jahren passierte, in denen aus dem «normalen Kind» ein Übeltäter wurde. Eine Antwort gibt sie nicht.

Die einen tun sich selber Gewalt an, andere richten die Gewalt nach aussen. Ist es nicht da wie dort die eine gleiche Gewalt, die das Leben zerstört? Die wertvollem Leben ein jähes Ende bereitet, bevor es erblühen kann? Ich schliesse den jungen Täter von Winnenden und ähnliche Täter von anderen Orten in meine Frage mit ein. Es ist gut, dass die Mutter der Lehrerin spricht. Sie tut es auf ihre Weise. Sie tut es auf ihre Art. Sie ermöglicht eine Diskussion, ein Gespräch über Kälte und Wärme – über die Wärme, die es in unserer Gesellschaft endlich wieder braucht.

«Sie rechnen hart ab mit unserer Gesellschaft, beklagen eine Verrohung, Entsolidarisierung ...» – «... und fehlende Empathie, ja! Die Menschen begegnen sich nicht mehr mit Wohlwollen und Zuwendung. Unsere Kinder werden ab frühster Kindheit über Leistung definiert.»

So lauten Frage und Antwort. Es ist gut, dass sie es so sagt. Ihr Wort hat Gewicht, das Gewicht der schlimmen Tat. Was Frau Mayer tut, macht Sinn. Es hilft, in Bewegung zu halten, was sich bewegen muss. Vielleicht erhält hier Goethes Faust, oder eigentlich sein Mephisto, ein weiteres Mal sein Recht: Die eine Kraft, die Böses will und zugleich Gutes schafft. So irgendwie hat er es doch gesagt.

Und dann zurück zu dem, was du geschrieben hast: Vom Kämpfen sprichst du und nimmst auf den buddhistischen Lehrer Bezug. Und ich frage dich, ob es ohne Streiten denn geht. Du spürst es sicher schon, was *meine* Antwort wäre. Ich selbst streite viel, bin nicht umsonst ein Anwalt. Mein Streiten ist aber gesittet und verläuft in geordneten Bahnen, ist vergleichsweise moderat – kein Amok, trotzdem aber Kampf. Angenehm ist auch dieses Streiten nicht, es sei denn, dass einer, wie ich selbst, seine Familie damit ernährt. Streiten hat seinen Wert, seinen Preis natürlich auch. Dass die Buddhisten es anders sehen, damit kann ich leben. Kornfield, Chah etc., die Lehrer sind und waren, ernähren sich auf andere Art.

Moderat nenne ich die Art, in der der Anwalt streitet. Moderat, Moderator, es passt! Und es schliesst sich damit der Bogen hin zum «Nachtcafé», das aufputscht zur falschen Zeit. Gegensätze, die aufeinander prallen. Ich habe meine eigene Art, für mich den Ausgleich zu schaffen. Ich erlaube mir ein kühles Bier oder einen gut temperierten Roten. Das ist mein Schlummertrunk, der mich den Streit am späten Abend gelassen erleben lässt. Und so weiss ich jetzt auch, was es wirklich ist, das mich das ferne Gespräch immer wieder am Freitagabend mit Vergnügen schauen lässt. Das Thema, ja, es berührt mich einmal mehr, ein anderes Mal aber wenig. Die Gäste regen an, oder sie regen mich auf, oder sie lassen mich kalt. Was aber immer ist und immer wieder gleich, das ist und bleibt der Moderator. Er ist ein Meister in seinem Fach. Moderieren, moderare, mässigen, das ist wahre Kunst, wenn einer sie beherrscht wie Backes.

Das ist es auch, was ich selber machen möchte. Wenn ich Geschichten erzähle, soll ein Rahmen wachsen für einen respektvollen Kampf: Gedanke gegen Gedanke und Gefühl gegen Gefühl. Das ist meine Antwort – der langen Rede kurzer Sinn – auf deine kurze Frage, ob es das ist, was ich will. Danke, dass du fragst.

Herzliche Grüsse

Ben

20.

Mitten in der Mitte

Betreff: Moderator

Lieber Ben, ich komme gleich zum Punkt: Ob es ohne Streiten geht? Ich glaube nicht. Über das Du erfahren wir mehr über uns selbst. Zu den Berührungsmöglichkeiten gehört auch das Streiten. Ich selbst bin aber süchtig nach Harmonie. Von da her liegt es mir nicht wirklich, das Streiten.

Streiten hat etymologisch mit Starre zu tun und auch mit Streben. Ich suche andere Berührungsmöglichkeiten. Vielleicht auch die Hingabe an ein Du, wie es diese Lehrerin von Winnenden gemacht hat, mit Sanftmut und mit Wärme.

Das Kämpfen aber schätze ich sehr wohl. Dieses Wort kommt vom lateinischen campus, was Ebene bedeutet. Ich habe ein Feld vor meinen Augen, das umgepflügt werden muss, damit man wieder säen und wieder ernten kann. Anders als beim Streiten braucht es hier kein Du. So sehe *ich* das.

Um nochmals auf den Buddhismus zurückzukommen: Ich mag ja sehr die Geschichte von Siddharta. Er hatte sich auch weit auf beide Seiten hinausgewagt, bevor er merkte, wo sein Mittelweg war. Ist das nicht auch der Weg eines Moderators? Immer die Mitte halten? Wieder in die Mitte finden? Und ist das schliesslich nicht auch unser Lebensweg, über verschiedene Ausflüge links und rechts zurück in unsere Mitte? Irgendwie macht das noch Sinn, für mich.

Herzliche Grüsse

Maren

Betreff: Mitte

Liebe Maren, die Mitte suchen, finden, und die Mitte halten. Ja, darum geht es, da hast du recht. Das ist es, was ich mit dem Moderator meine. Und auch meinerseits zu den Buddhisten noch einmal, mit denen ich etwas gar hart ins Gericht gegangen bin: Ist es das, was uns und viele am Buddhismus und seinen Protagonisten so sehr fasziniert? Haben sie zu bieten, was wir heute besonders brauchen? Die Mitte, die Meditation? Aber zugleich sticht auch da ein kleiner Rebell in mir, reitet mich ein Teufel. Er stellt die Frage, weshalb der Buddha, sitzend, liegend, in Stein, Holz oder Gold, ein dicker Krösus ist, lachend, fröhlich, vergnügt? Ist es ihm nicht gelungen, beim Essen Mass zu halten? Oder braucht er das Eigengewicht, damit er nicht entfliegt? Die Mitte tiefer gelegt?

Vielleicht sollte ich auch wieder einmal den «Siddharta» lesen. Hesse und seine westliche Sicht auf einen Mythos, der im Osten gewachsen ist. Eine andere Geschichte, die mir einfällt gerade in diesem Moment, wartet auch schon einige Jahre bei mir im Büchergestell. Die Artus-Sage, ein dicker Wälzer, eine von den vielen Versionen, die es gibt. Warum fällt mir die Artus-Sage ein, während du von Siddharta sprichst? Buddha und Artus sind ja kaum zu vergleichen. Aber zu Kämpfen, campus,

Ebene, von denen du ebenfalls sprichst, würde die Ritterrunde passen. Das mit dem Campus hat mir gefallen, das war neu für mich.

Herzliche Grüsse und ein schönes Wochenende
Ben

AW: Mitte

Hallo Ben, über den fettleibigen Buddha gibt es immer wieder Spekulationen. Nach meiner Kenntnis ist das der chinesische Buddha und hat nichts mit Siddharta Gautama zu tun. In China gilt Körperfülle als Symbol für ein erfülltes Leben. Deshalb diese Abbildung. Ich habe aber auch schon gelesen, dass es sich bei diesen Statuen um den Koch des Buddhas handle oder dass es sich Buddha nach langen Zeiten der Askese habe gut gehen lassen. Du siehst, der Fantasie sind keine Grenzen gesetzt.

Ich wünsche dir einen guten Wochenstart. Heute ist Neumond im Fisch, das heisst Vollendung und Neustart zugleich.

Herzliche Grüsse
Maren

AW: Mitte

Liebe Maren, wenn das nicht gute Nachrichten sind! Vollendung und Neustart in einem!? Da gibt es bestimmt wieder etwas zu erzählen. Auch dir wünsche ich einen guten Start in die Woche und einen schönen Tag.

Übrigens noch zum Buddha: Ich hatte die Mail an dich gesandt und sah dann am späten Abend im Fernsehen eine Reisesendung über Thailand. Und auch da wieder jede Menge Buddhas, alle schlank und rank! Da dachte ich mir schon, dass mit meiner Meinung zum dicken Krösus irgendetwas nicht stimmt. Jetzt bringst du mir die Lösung. – Und wir nehmen wieder einmal zur Kenntnis, wie sich verändert, wer reist.

Herzliche Grüsse

Ben

21.

Vollendung und Neuanfang

Betreff: Jemand, Niemand, Irgendwo

Liebe Maren, vor etwa zwei Wochen stelltest du eine Frage, sie hat noch nachgewirkt. Du zitiertest ab einer Webseite zum Thema Geist und Psyche unter anderem den folgenden Satz: «Zuerst Jemand werden, um Niemand werden zu können.» Ob es das sei, was ich wolle, hast du mich gefragt.

Von Zeit zu Zeit nehme ich selbst mein «Flugjahre» zur Hand und lese ein paar Seiten. So machte ich es auch heute Morgen. Ich stiess auf Sätze, die zu deiner Frage passen. Es ging um Hesses Frühwerk, dem er den Titel «Peter Camenzind» gab, und um meine Erfahrung mit diesem Roman. Hesses Held kommt nach jahrelanger Wanderschaft in das Dorf seiner Kindheit zurück. Dazu schrieb ich, was folgt: «... Zurück ins Dorf, wo einer heisst wie der andere. ‹Nimikon›, was klingt wie nirgendwo. Nirgendwo oder Irgendwo? Wo immer es geschieht, es kann irgendwo sein. Der Zurückgekehrte wird, was er war, ein Nimikoner ganz und gar ...»

Eine wirkliche Antwort auf deine Frage ist das nicht – ich spüre es beim Schreiben –, es sind nur ein paar Sätze, die dazu passen. Sie passen irgendwie. Wie sie passen, kann ich nicht erklären. Das Herz spricht, nicht der Kopf.

Dann lese ich noch einmal, was ich dir gerade schrieb, und entdecke einen kleinen Fehler. Auch «Irgendwo» habe ich gross geschrieben. In «Flugjahre» schrieb ich es noch klein. Da ist vielleicht die Anknüpfung zu «Jemand» und «Niemand» zu finden. Sind diese noch so unbestimmt, so sind sie doch Personen. Und «Irgendwo» ist und bleibt ein Ort.

Herzliche Grüsse

Ben

AW: Jemand, Niemand, Irgendwo

Hallo Ben, irgendwo in der grossen weiten Welt trifft Jemand auf Niemand. Sie unterhalten sich angeregt. Da sie sich lange nicht mehr sahen, haben sie sich viel zu berichten. Mitten im Gespräch werden sie unterbrochen, ein paar Leute sprechen sie an.

Leute: «Sie, sprechen Sie etwa mit sich selbst?»

Jemand: «Nein, ich spreche mit Niemand.»

Leute: «Ja eben, sagen wir doch, mit Ihnen selbst.»

Jemand: «Nein, ich unterhalte mich angeregt mit Niemand. Stören Sie uns also nicht!»

Und sie palavern weiter. Kopfschüttelnd gehen die Leute weg.

Leute: «Jemand spricht mit Niemand. Das heisst also, dass Niemand auch jemand ist. Und so spricht doch jemand mit Jemand.»

Sie gehen abermals auf Jemand zu.

Leute: «Mein Herr, Sie sprechen ja doch mit sich selbst, ...!»

Liebe Grüsse

Maren

Betreff: Nirgendwo

Liebe Maren, genau so, wie du es erzählst, kann es gewesen sein. Genau so! Und das alles an diesem ominösen Ort! Schon verrückt, erstaunlich und bemerkenswert, was in Nirgendwo alles geschieht, mit Jemand, Niemand und den Leuten!!!

Übrigens: Vor zwei Tagen kam mir ein Roman von Jostein Gaarder in die Hand. Da sind auch zwei, ein Mann und eine Frau, die sich nach Jahren wiedersehen, und dann fängt zwischen ihnen ein Mailverkehr an, über Gott und über die Welt und über etwas Geheimnisvolles, das weit zurück geschah. Die Geschichte zog mich an, will mir aber nicht gefallen. Der Mann kopft vor sich hin, und die Frau, die den Gefühlspart spielt, lässt mit dem, was sie sagen will, warten. Die Hälfte ist schon um, geschehen ist noch nichts.

«Neumond in den Fischen», sagtest du, «Vollendung und Neuanfang»? – Und dann geschah einfach nichts. Eigentlich, dachte ich, wäre es der passende Moment für die frohe Botschaft «meines Verlegers» in München. War aber nicht der Fall. So tröste ich mich mit dem Gedanken, dass sich Niemand mit Jemand in Nirgendwo traf, um über mein Werk zu beraten, das irgendwann irgendwo erscheint.

Herzliche Grüsse
Ben

22.

Von Sinn und Sinnen

Betreff: Wert

Liebe Maren, jetzt bin ich durch, und ich bin froh, dass ich es hinter mir habe. Das Buch meine ich, von dem ich dir erzählte, das von Jostein Gaarder, «Die Frau mit dem roten Tuch». Auch in der zweiten Hälfte kam nichts mehr von Substanz. Es geht endlos hin und her zwischen dem Mann, der sich einen naturwissenschaftlich verbrämten Pantheismus auf die Fahne schreibt, und der Frau, die sich selbst eine christliche Spiritualistin nennt. Christlich, weil sie nebst den Naturwesen und den Fügungen, gelenkt von irgendwo, auch die Wunder der Bibel gelten lässt. Das Geheimnis, das durch die Geschichte wummert, ist die Erscheinung einer Frau, der «Frau mit dem roten Tuch». Ob es wirklich eine Erscheinung war, ein Geist, oder was auch immer, wird bis zum Gehtnichtmehr erörtert. Todlangweilig das Ganze vom Anfang bis zum Schluss. Und zuletzt, als glorreiche Krönung, stirbt die Frau, erst 50, ganz banal. Sie wird von einem Lastwagen überfahren, und sie stellt ihrem Ehemann auf dem Sterbebett die Frage, ob Steinn, der Mail-Mann, etwa doch recht hatte. Genau so ist es, man glaubt es kaum. Es ist ein himmeltrauriges Ende, ohne Hoffnung, ohne Mut, ohne Trost. Schade, ich hätte Gaarder etwas Besseres zugetraut. Seine anderen Bücher schätze ich sehr.

Und ich will dir noch etwas sagen: An Gaarders «Frau mit dem roten Tuch» nehme ich jetzt Mass. Ich ziehe daraus den Schluss, dass es wertvoll ist, wenn einer selbst erfahren hat, wovon er erzählt. Es gibt doch wirklich keinen Grund, das altbekannte Klischee vom Angst machenden Geisterglauben noch länger zu bedienen. Angst ist fehl am Platz. Wenn uns Geister begegnen, dann sind sie ein Teil von uns. Jetzt kann mein Verleger kommen.

Und zu dir noch: Wie geht es dir immer? Wie läuft es bei dir? Und noch etwas: Sag es mir, wenn dir meine Selbstgespräche zu viel werden sollten. Bis dahin schreibe ich dir ab und zu und vertreibe mir beim «Warten auf Godo» die Zeit.

Herzliche Grüsse

Ben

Betreff: Godot

Liebe Maren, jetzt habe ich eine Besprechung hinter mir, der Klient ist wieder gegangen. Der Godot ging mir nicht mehr aus dem Kopf. Der Godot war noch nicht ganz. Das t am Schluss hat gefehlt. Nicht unbedeutend, wie ich jetzt erkenne. Auf wen sie warten, Wladimir und Estragon, ist ein grosses Thema, wie mir Wikipedia zeigt. God, Gott, kein Geringerer wird genannt.

Ich selber in meiner Sache schraube die Erwartung nicht so hoch, dafür aber bestehe ich darauf, im Unterschied zu den beiden in Becketts Stück, dass der Erwartete auch kommt.

Herzliche Grüsse

Ben

AW: Godot

Hallo Ben, ja das Warten auf Godot ist sprichwörtlich geworden, obwohl niemand genau weiss, was damit gemeint ist. Das Theaterstück gehört meines Wissens zum «absurden/abstrakten Theater».

Da kommt mir in den Sinn, dass ich während meiner Zeit in England einmal eine Arbeit über Harold Pinter schrieb, der auch diese Art Theater machte. Das hat mir immer schon gefallen, diese Dialoge.

Es gab doch früher auch diese abstrakten Witze in der folgenden Art: Sitzen zwei Frösche auf einem Baum und stricken Sturmgewehre. Da fliegt eine Brille vorbei und meint: «Sachen gibt's!»

Warum mag ich solche Sachen? Vielleicht weil sie so sinnlos sind? Und was macht eine Sinnsuchende mit so viel Sinnlosigkeit? Es gibt ihr eventuell die Berechtigung, mit dem Suchen aufzuhören. Aus dem Ab-strakten wird eine At-traktion. Den Sinn darin finden, dass alles sinnlos ist. Oder sinnleer. Buchstäblich in die Leere kommen, damit der Kopf wieder frei wird. Ich hatte gestern und vorgestern eine sehr starke Migräne, mein Kopf ist fast geplatzt.

Und doch merke/spüre ich, dass Sinn eigentlich nur in unserem Sprachraum mit dem Kopf etwas zu tun hat. Sinn kommt ja von le sens – sentir – sentire, und das ist im romanischen Sprachraum eher in Richtung Gefühl und Wohlgefühl zu übersetzen.

Vom Kopf zum Fühlen also, zu den Sinnen kommen. Ist das die Richtung (le sens) dieses Textes?

Du siehst, du bist nicht der Einzige, der Selbstgespräche führt. Ich hoffe, das war jetzt nicht zu abstrakt.

Herzliche Grüsse und ein schönes Wochenende

Maren

23.

Im doppelten Sinn

Betreff: Sens – Sinn

Liebe Maren, ich hoffe sehr, es geht dir wieder besser und der Kopf tut nicht mehr weh. Habe etwas lange gebraucht für meine Antwort, weil ich über das, was du sagtest, nachsinnen musste.

Heute Abend haben wir Chorprobe. Was wir zurzeit üben und am Freitagmorgen mit den Kindern in der Kirche singen, geht mir gegen den Strich, auch wenn die Melodien gefällig sind. Ein Singspiel zu Karfreitag. Die Leidensgeschichte, bis hin zur Auferstehung – immerhin das. So beschäftigt mich im Moment das Religiöse mehr, als mir lieb ist.

Das absurde Theater passt da hinein. Ich komme nämlich immer mehr zur Erkenntnis, dass wir Sinn – das deutsche Wort – eigentlich nur dort brauchen, wo es an einem Zweck fehlt. Irgendwie ist Sinn auch Ersatz. Kathedralen, Kirchen, Tempel dienen nicht wirklich einem Zweck, so müssen sie sinnvoll sein. Der Mensch schafft sich einen Gott oder eine Göttin oder gleich eine Reihe davon. Gottesdienst findet dann in diesen schönen Häusern statt. Und so dient das Ganze letztlich doch wieder einem Zweck, und ich selbst weiss plötzlich nicht mehr, wo mir der Kopf steht. Und ich frage mich, wovon ich nun eigentlich rede. Vom Sinn? Vom Zweck? Wovon?

Absurdes Theater spielen wir Tag für Tag und merken es meistens nicht. So gesehen fällt mir das Singen der Leidensgeschichte nun leichter. Und wenn man bedenkt: Konzept, Hierarchie, Geschichten, geschrieben und komponiert, gespielt, erzählt, gesungen, lassen Gesamtkunstwerke entstehen, die Schamanen und Priester gebären, auch Meister oder Lehrer – weibliche Formen inklusive – und Jahrtausende überdauern. Eine Schande ist das nicht. Was bleibt, sind Merk- und Sehenswürdigkeiten. Was entsteht, ist Schmuck für die Welt. Schmuck ist nicht nötig, ist aber trotzdem schön. Wer möchte das Schöne missen?!

In diesem Sinn: Sachen gibt's!

Herzliche Grüsse

Ben

Betreff: Absurdes Theater

Liebe Maren, ein kleiner Nachtrag noch: Es ist mein Kopf, der vom absurden Theater spricht. Das Herz sagt etwas anderes. Für das Herz ist das Miteinander zentral. Menschen berühren, bewegen, und Menschen begegnen sich. Die Formen, in denen das geschieht, sind unendlich vielfältig. Im besten Fall unterhalten wir uns dabei. Unterhalten im doppelten Sinn. Zum einen machen wir uns Freude, und zum anderen – dann ist es perfekt – ziehen wir einen Verdienst daraus. So geschehen beim Autor, der sein Stück absurdes Theater erfolgreich auf die Bühne bringt.

Apropos Unterhalten: Gerade bin ich wieder mit einer Geschichte für die «Leben & Bewegen» fertig geworden: «Kaiserwetter» im Anhang. Es macht mir Spass, das Erlebte auf diese Art zu verwursten. In diesem einen Sinn ist das Unterhalten bei mir schon da, nur der andere Sinn fehlt noch. Den Erwerb meine ich. Das Buch, das sich verkaufen lässt. Ich wünsche gute Unterhaltung, wenn du die Geschichte liest. Auch da geht es um eine Brille, die allerdings nicht fliegt.

Herzliche Grüsse

Ben

PS: Auch das Echo fehlt. Kein Echo auf meine Geschichte.

Kaiserwetter

*Kaiser Wilhelm sei der erste Medienstar gewe-
sen, sagt man, der Erste, der sich medial in Szene setzte.
Für Film und Foto war das beste Licht nur gut genug, als
die Technik noch in den Kinderschuhen steckte. Heute ist
das anders. Macht die Sonne nicht, was der Reisende gern
hätte, dann hilft ihm «Photoshop», weil sich die digitalen
Bilder nachbearbeiten lassen. Eigentlich verstehe ich von
all dem nichts. Meine Frau macht bei uns die Fotos, und
sie ist gut darin. Erzähle ich trotzdem von Fotos und von
Photoshop, dann tu ich das, weil es zur Geschichte passt.*

*Wir waren anfangs März für ein paar Tage in Paris.
Wie Majestäten kamen wir uns vor beim Gang über die
Boulevards, auf den königlichen Plätzen, vor der mächtigen Ehrenhalle und den prächtigen Palästen. Zwei Majestäten vom Land auf der Reise durch die Zeit. Was vor Jahr
und Tag des Volkes Blutzoll war, ist heute einfach schön.
Ein Magnet für Millionen von Touristen.*

*Auf dem Eifelturm waren wir nicht, denn am Boden
blies der Wind schon eisigkalt. Wir und all die Leute in
der Stadt liefen mit Mützen und mit Schal, in Mänteln und
warmen Jacken, mit zügig schnellem Schritt. Zum Flanie-
ren war es nicht. Zu früh in diesem Jahr mit seinem langen
Winter. Es war das Wochenende mit dem letzten Schnee,
zu Hause bis ins Tal. Kalt war es hier wie dort, aber wir
hatten besseres Licht. Es herrschte Kaiserwetter.*

*Den Louvre nahmen wir uns vor am dritten Tag: Mona
Lisa schauen. Wir waren fast schon da, aber trotzdem kam
es anders. Dem Metro-Untergrund entstiegen, spürten wir*

111

die Sonne im Gesicht, und uns beiden wurde klar, dass wir trotz der Kälte lieber draussen bleiben würden. Mona Lisa musste warten.

Über «Concorde», «Etoile» und ein paar Stationen mehr langten wir nach einer halben Stunde Fahrt draussen in «La Défense» an. Die Monarchen an diesem Ort, die hoch und höher bauen, dass einer den anderen überragt, heissen De Gaulle, Mitterand, Chirac und neuerdings Sarkozy. Himmelragend, glänzend schön, in Glas, Beton, Stahl. Alle sind sie da, die im modernen Bauen Rang und Namen haben. Tempel und Paläste, heute nicht anders als einst, um der Macht die Ehre zu erweisen. Spiegel über Spiegel, und die Sonne mit ihrem Licht spielt ihr Spiel darin. Mit Fahnen, Pauken und Trompeten zieht ein bunter Zug vorbei, eine Hundertschaft mal drei. Vorne, hinten und zur Seite laufen sie im Spiegel mit. Was ihre Klage ist und Wut über Macht und Gier im Turm, ist uns, die wir Touristen sind, an diesem Ort zu dieser Zeit Farbe, Rhythmus und Klang.

«La Grande Arche», die Arche, heisst der grosse Bogen. Zwei Wohntürme, darüber und dazwischen ein Dach. Ein Restaurant, ein Museum und eine Galerie für die Kunst. Per Lift geht es hinauf. Der Wind ist beissend kalt. Wir lassen es uns trotzdem nicht nehmen, ab der Plattform im Freien in die Stadt hineinzuschauen. Mein Blick trifft in der Ferne, weit hinten und ganz klein, auf einen anderen Bogen, der in einer anderen Zeit einem anderen Herrscher ein Zeichen des Triumphes war. Von hier nach dort in gerader Flucht läuft eine Strasse, ein Boulevard, mit Autos ohne Ende, mit Verkehr ohne Unterbruch. Die Galerie bietet zweierlei an. Zum einen sind es Stadtansichten in

Acryl, farbig schrill, schon fast abstrakt, und zum anderen geometrische Formen, mit denen etwas nicht stimmt. Ich greife nach einer Brille für den dreidimensionalen Blick. Jetzt erst ergibt, was uns die Bilder zeigen, Sinn. Ich gehe hin und her, mache Schritte vor und zurück. Das Bild kommt mir entgegen, das Bild kommt mit mir mit. Es ist im Raum, und trotzdem bleibt es flach, wenn ich die Brille über die Augen hebe. Ich übe – und weiss noch nichts davon – für das, was ich die Woche drauf in Zürich im Kino erlebe.

Zürich, «Avatar», 3D. Meine Frau hat es empfohlen. Sie war von den Bildern begeistert. Ein Paradies! Ein Wunder der Fantasie! Sie kam gleich nochmals mit, das liess sie sich nicht entgehen. Doch es kam anders fürs Erste, ein Genuss war es wahrlich nicht. Die Frau an der Kasse empfahl uns Plätze vorne rechts für die bessere 3D-Sicht. Sie sagte jedoch auch, dass die besten Plätze, schon verkauft, in der vorderen Mitte wären. Wir nahmen, was es gab. Der Film begann, und damit begann der Ärger.

Das sollte es nun sein, wovon so viele schwärmten?! Paah, 3D! Viel Geschrei um nichts! In Zukunft darf es wieder die flache Leinwand sein. Die Tiefe ist in mir. Für mich war die Sache gelaufen, für meine Frau war es das noch nicht. Sie wusste, wie es wirklich war, sie hatte es schon gesehen. Sie suchte andere Plätze auf, aber auch da waren die Bilder verschwommen, blieben die Bilder verzerrt. Und in der Pause machte meine Frau ihrem Ärger Luft. Da stimme doch etwas nicht, und dabei hatte sie recht. Der Mann am Eingang, auf einen kurzen Blick, mit einem kurzem Griff, hielt uns zwei Brillen hin, die richtig wären hier.

Falsche Brille am falschen Ort, was falsche Sicht bedeutet.

Dann «Avatar» nach der Pause: Nun war die Sicht perfekt, die Geschichte jedoch nicht. Der Kampf war voll entbrannt. Die Bösen gegen die Guten. Nichts Neues, alles bekannt, ob 3D oder flach. Krieg, Verwüstung und Tod und der Mammon als oberster Gott und das Paradies, Pandora geheissen, weit weg im fernen All. Die Guten siegen – wie könnte es anders sein – und es bleibt, wie es immer schon war, dass nur die Auserwählten in den Pandora-Himmel gelangen. Die Bösen ziehen ab, derweil ich mich entschliesse, den ersten Teil, den ich verschwommen sah, in Klarsicht noch anzuschauen. Der erste Teil, entschied ich mich, wäre der wahre Genuss.

Drei Tage später fuhr ich noch einmal hin. Was ich nun sah, erlebte dank 3D, war überwältigend schön. Eine Welt in nie gesehenen Farben und in ungeahnter Form. So war es mir erlaubt, das Paradies zu schauen – leuchtend, strahlend, gänzlich unversehrt – nach dem Schlachtgetümmel. – Paris, Paradies. Wie ähnlich es doch klingt! – In Paris waren meine Frau und ich das zweite Mal. Das erste Mal lag dreissig Jahre zurück. Es hat geregnet damals, drei von vier Tagen am Stück.

24.

Schreib Dich frei!

Betreff: Wurst

Hallo Ben, just in dem Moment, als ich deine Geschichte zu lesen begann, rief mich mein alter Freund mit Nachnamen Kaiser an. Das war vielleicht lustig! Frauen sind ja bekannt für ihr Multitasking. Ich lese also am Computer «*Kaiser*wetter» und über den Kopfhörer sagt jemand: «Kaiser, hoi!»

Früher gab es doch diese Alleinunterhalter in den Wirtschaften und an Festen. Ich denke, man muss sich bewusst sein, ob man ein Alleinunterhalter sein will, oder ob man lieber als Duo, Trio, Quartett oder gar im Chor auftritt. Du bist bei der «Leben & Bewegen» im Moment ein Alleinunterhalter. Das Echo sei gering, sagst du, keine Re-aktion. Vielleicht musst du eine Re-aktion pro-vozieren, das geht über das Schreiben ja gut. – Oder vielleicht sollten wir es doch einmal zusammen versuchen. Vielleicht doch einmal als Duo. Ich denke noch ein wenig darüber nach.

Und was das Verwursten des Erlebten betrifft, von dem du sprichst: Alles hat bekanntlich ein Ende, nur die Wurst hat zwei. Und was heisst jetzt diese «Zwei»? Zwei, die schreiben, im Dialog? Oder ein Gegenüber, das auf deine Kolumne reagiert?

Sonnige Grüsse
Maren

AW: Wurst

Hallo Maren, über den Alleinunterhalter denke ich meinerseits nach. Es lohnt sich, wie mir scheint. Du hörst von mir.

Bis dahin Grüsse

Ben

Betreff: Alleinunterhalter

Liebe Maren, ich bin in mich gegangen. Das Nachdenken hat sich schon gelohnt, aber ich muss ganz ehrlich sagen, dass mir die Rolle des Alleinunterhalters eigentlich behagt. Was mir fehlt, ist nicht wirklich das Echo auf meine Geschichte. Dass es im Umfeld der «Leben & Bewegen» keinen Austausch gibt, ist kein Problem für mich. Ich suche den Austausch an diesem Ort nicht. Mich motiviert es – das ist genug im Moment –, Geschichten zu erzählen, mich darin zu üben und dabei, im Empfinden und im Schreiben, immer freier zu werden. Es geht von Geschichte zu Geschichte leichter. Ich erlebe, was «sich frei schreiben» bedeutet.

Was mir aber tatsächlich fehlt, ist der Verlag und das Buch. Aber auch das ist, nüchtern betrachtet, kein gravierendes Problem. Meine Geschichte, die ich an die Leserinnen und Leser bringen will, ist die vom Suchen und Finden. Es soll die Geschichte werden vom Finden zur richtigen Zeit am richtigen Ort – am Ort, der für mich passt. Bis jetzt hat es einfach noch nicht gepasst, oder ich war noch nicht bereit.

Auch darum geht es mir mit meiner Geschichte: Ich will spür- und erlebbar machen, dass es sich lohnt zu warten, bis die Zeit gekommen ist. Dass es sich lohnt, seinem Traum zu folgen, mit Ausdauer und gelegentlich auch wider jede Vernunft. Irgendwie habe ich das Gefühl, dass ich gerade darin auch jungen Menschen etwas bieten kann in dieser schnelllebigen Zeit, in der das langsame Reifen nichts gilt. Wenn einer 47 wird, bis er seinen Traum erkennt, und er dann über Jahre hartnäckig daran arbeitet, dann ist das genau das Beispiel, das wir «Alten» den Jungen geben und von dem du vor Kurzem sprachst.

Oder ist es das etwa nicht? Du siehst, ich rede mir wieder einmal zu. Ich brauche das, um durchzuhalten, bis die in München sich melden mit einem hoffentlich positiven Bescheid. Piper hat mich im Februar ein zweites Mal um Geduld gebeten. Ich sage mir immer wieder, dass nur der einen Autor über ein Jahr vertröstet, der an diesem Autor ein gewisses Interesse hat. Ich mahne mich selbst zur Geduld.

Und dann noch einmal zum Alleinunterhalter: Ein Alleinunterhalter mit Buch wäre ich sehr gern. Wenn es soweit ist, wird mein Interesse am Übungsfeld, das die «Leben & Bewegen» mir bietet, wahrscheinlich erlahmen. Ob du dann doch die nächste Erzählerin in diesem Rahmen wirst? Ich stelle diese Frage jetzt, weil ich jetzt, wider jede Vernunft, für mein Buch auf den Herbst 2010 fokussiere. Fokussieren ist ein Tun, das mir in diesem Moment richtig und wichtig scheint. Ich lege mich auf das fest, was ich will, dass es geschehe. Zur Buchmesse im Herbst, stelle ich mir jetzt vor, soll «Flugjahre» erscheinen. Jetzt bin ich dafür bereit.

Schön, dass ich die Gelegenheit hatte, bei dir meine Bereitschaft zu erklären. Halte Gegenrecht, wenn du einmal das Bedürfnis hast.

Herzliche Grüsse

Ben

Betreff: Fokus

Liebe Maren, ob ich etwas gar schnell war, als ich mich für den Alleinunterhalter entschied? Auf jeden Fall erhalte ich diesbezüglich im heutigen Tages-Anzeiger neue Denkanstösse. Auf der Seite «Analyse», wo also die vertiefte Auseinandersetzung mit einem Thema stattfindet, stehen zwei grosse Artikel gleichgewichtig nebeneinander: «Anpeilen, fokussieren, abhaken» über Fabian Cancellara, der nach seinem grandiosen Sieg in der Flandern-Rundfahrt nun innert Wochenfrist auch noch Paris-Roubaix gewinnen will, und «Sokrates reloaded» über das gekonnte neue Schreiben im Internet. Von stilistischer Gewandtheit, von verschiedensten Tonlagen im Repertoire, von Poesie, ja sogar von einer literarischen Revolution ist die Rede.

Wenn ich daran denke, dass die beiden Journalisten ihre Texte zur gleichen Zeit in die Tasten gehauen haben, als wir per Computer korrespondierten, dann staune ich einmal mehr, wie wieder alles passt. Da schreibt halt doch ein Team, mit Alleinunterhaltung ist nichts! Da kannst du noch so sehr ein Solist sein wollen, es singen immer ein paar andere mit, auch wenn sie es im Stillen tun. Wir sind in diesem Sinn vernetzt, ob wir es wissen oder nicht. Vielleicht sind wir – du und ich – auf diese

Art tatsächlich Teil einer literarischen Revolution. Ist mir noch angenehm, dieser Gedanke.

Dass wir «per Computer korrespondieren», habe ich bewusst geschrieben. Meine Mails sind schon eher Briefe, das bin ich mir bewusst. Wer weiss, vielleicht können wir ja in dieser Hinsicht die Geschichte weiterentwickeln und sie in neuer Form in die «Leben & Bewegen» bringen? Dann bliebe ich vielleicht doch dabei, weil das Neue mir wieder Spass macht. Vielleicht ist die «Leben & Bewegen» wirklich unser Übungsfeld auch für unsere neuen Formen. Sollten wir gemeinsam etwas wagen, wüsste ich auf jeden Fall, dass ich bezüglich Mailen von dir noch lernen könnte. Du bist erfahrener und auch freier als ich auf diesem Feld. Du übst schon deutlich länger.

Und dann noch zum Fokussieren: An Cancellara dachte ich, als ich gestern vom Fokussieren schrieb und von meinem Buch, das ich im Herbst auf der Buchmesse haben will. Dabei bleibt es: «Anpeilen, fokussieren, abhaken». Aber es gilt jetzt auch, dass ich das eine tun und das andere nicht lassen will. Du weisst, was ich meine: «Sokrates reloaded». Was heisst «reloaded» eigentlich?

Herzliche Grüsse

Ben

PS: Weil es im Moment noch die mir vertraute Briefform ist, darf es auch ein Post Scriptum geben: Habe ich dir schon gesagt, wie es lief in der Honorarverhandlung mit Frank, wie es ausgegangen ist. Dass ich 2 000 Franken pro Geschichte verlangte, weisst du, entsprechend meinem Anwaltshonorar. Franks Antwort liess lange auf sich warten und sie war, was mich überraschte, wenig originell. Ich hätte ihm Originelleres zugetraut. Er bot mir 400 Franken pro Geschichte an. Das sei das Honorar, das sie den Autoren zahlen, die nicht zum Unternehmen gehören, dem die Zeitschrift dient. Ich lehnte dankend ab und zog es vor, als Schreiber frei zu bleiben. Mein Lohn ist meine Freude, und meine Geschichten sind Leihgaben, die wie Bilder für eine gewisse Zeit in einer Ausstellung hängen. Mein Spass am Schreiben wächst.

25.

Geliebte Rätsel

Betreff: Lebenskunst

Liebe Maren, da habe ich doch gerade heute Mittag, kurz vor deiner Mail, Rosa zu erklären versucht, wie sich in meinem Erleben, privat und im Beruf, alles mit allem verbindet – eine berufliche Erfahrung von heute Morgen war mir Anlass dazu – und dass diese Einbindung und Einbettung meine Lebensart sei, vielleicht eine Lebenskunst – eine Lebensqualität auf jeden Fall. Sie wollte eine Erklärung, und ich wollte eine solche nicht geben. Ich weiss, dass meine Erklärungen in diesen Dingen reichlich schwach geraten. Was mir wirklich gefällt in dieser Hinsicht, ist das Erleben selbst und sind die Geschichten, die sich daraus ergeben. Die Erklärungen kommen schwach heraus, weil es für mich in diesen Dingen nicht wirklich Klarheit gibt. Ich lebe lieber mit den Rätseln, statt mir die Freiheit des Denkens und Fühlens durch die Klarheit einschränken zu lassen.

«Nu item», sagt Rosa, und sie hat recht. Komme ich also wieder zur Sache, zu «Kaiserwetter» und zum «Kaiser», der dich anrief im selben Moment. Du gibst mir ein weiteres Beispiel zur Hand, von dem ich meiner Frau erzähle. Eine Erklärung ist das zwar nicht und natürlich auch kein Beweis, aber Beweise brauche ich nicht in dieser Sache, weil ich viel lieber staune. Stell dir vor, Maren, wir könnten, was wir erleben, lückenlos erklären!

Stellen wir uns das lieber nicht vor! Es gäbe nichts mehr zu erzählen.

In einem schlauen Buch habe ich gerade gestern vom animistischen Weltbild gelesen, in welchem der Mensch noch mit allem kommunizierte. Die Aufklärung habe damit aufgeräumt.

Aufklärung und Erklärung. Nicht gut, nicht schlecht. Nützlich, hilfreich im einen Fall und im anderen Fall eine unliebsame Begrenzung. Mir schwebt vor, dass sich das Animistische von einst mit dem Aufgeklärten von heute irgendwie verbindet. Wie gesagt: Erklären kann ich es nicht, erleben genügt mir vollkommen. Vielleicht ist ja gerade das die Verbindung? Mir scheint, sobald ich zu erklären versuche, entsteht Religion daraus, einfach eine neue Variante von dem, was wir in unzähligen Formen schon kennen.

Zu deinen Ideen noch betreffend Re-aktion bei der «Leben & Bewegen»: Es lohnt sich sicher, diese Ideen weiterzudenken. Schauen wir, was daraus noch wird.

Ich wünsche dir einen schönen Abend. Jetzt gehe ich eine Runde joggen, was ich geniesse bei diesem prächtigen Wetter.

Herzliche Grüsse

Ben

PS: Ich las nochmals, was ich dir schrieb, und dabei fiel mir ein, dass ich heute Nachmittag eine Klientin im Büro hatte – natürlich in rechtlichen Dingen –, die ihre Ängste zum Ausdruck brachte. Sie sprach von einer Bedrohung, die mir nicht real schien. Für sie war es aber trotzdem ein mächtiger D... – Schon verrückt, wie es selbst der Computer «spürt»! «Dämon» wollte ich schreiben, und der Computer spielte schon nach dem D verrückt. Mein Text war plötzlich weg. Praktisch war es, wollte ich noch sagen, als ich heute Nachmittag meiner Klientin mit ein paar aufgeklärten Gedanken die Angst vor dem Dämon nahm. Von einem Dämon sprach ich dabei natürlich nicht, ihr Dämon war aber zu spüren. Er war genährt von ihrer Angst. – Ist es nicht schön, wenn wir auf verschiedenen Registern spielen?! Es ergibt einen guten Sound.

Betreff: Fokus

Liebe Maren, «anpeilen, fokussieren, abhaken», wie gesagt! Auch Paris-Roubaix, wie er es im Sinn hatte! Cancellara ist schon ein Teufelskerl. So muss man es machen, genau so. Und die passenden Helfer dazu.

Herzliche Grüsse

Ben

Betreff: Synchronizität

Hallo Ben, ich beginne mit einer (Gegen-)Frage: Was ist «Sokrates reloaded»? Ich habe den Artikel nicht gelesen. «Reloaded» kommt, glaube ich, von diesen berühmten Science-Fiction-Filmen «The Matrix» und dann «Matrix reloaded». Der dritte heisst «Matrix Revolutions». «Reloaded» bedeutet so viel wie umgeladen, neu geladen. Wenn nun von etwas Altem etwas Neues rauskommt oder eine Fortsetzung dazu, nennen das die Werber «of reloaded», ich nehme an, in Anlehnung an diesen Film. Diese Matrix-Filme sollen übrigens gut sein. Ich habe sie aber selber nicht gesehen.

Ja, das mit dem Fokussieren lernen sie im Mentaltraining, die lieben Spitzensportler, doch sie vergessen dabei den Faktor Zeit, selbst wenn es bei ihnen um Hundertstelsekunden geht. Witzig, oder nicht?! – Also, sie vergessen nicht wirklich den Faktor Zeit, aber den Faktor Warten. Früher haben wir uns gefreut, wenn wir zum Beispiel Geld sparten, um etwas Schönes zu kaufen. Heute muss man alles sofort haben. Man kann sich nicht mehr *auf* etwas freuen. Dabei ist doch Vorfreude eine der schönsten Freuden. «Anpeilen, fokussieren, abhaken» immer und überall.

Die Früchte ernten, wenn sie reif sind, das gelingt uns ja auch nicht mehr. Gehst du manchmal auch einkaufen? Alles unreife Ware! Niemand kann mehr wirklich warten, bis es Zeit wird zu ernten.

Übrigens kam jetzt gerade deine Mail rein zum Cancellara, während ich mein Plädoyer gegen das Anpeilen, Fokussieren und Abhaken hielt. Du siehst, die Synchronizität spielt mit ... Zwei Perspektiven zum gleichen Thema? Oder vielleicht doch die gleiche Sicht? Auch Cancellara muss warten auf seinen Moment. Mit dem Kopf durch die Wand geht nicht.

Und dann noch: Für die einen ist er ein Teufelskerl, für die anderen ist er ein Gott. Teufel und Gott in einem. Interessant, gell?

Liebe Grüsse

Maren

Betreff: Cancellara

Liebe Maren, bin heilfroh, habe ich dir zur gleichen Zeit gemailt, so komme ich nicht in den Verdacht, er wäre ein Gott für mich.

Das mit dem Warten stimmt natürlich schon und das mit dem Reifenlassen auch. Aber ist es nicht an uns, zu probieren, vielleicht zu wissen und auf jeden Fall zu erkennen, wann die Früchte reif sind. Ernten ist dann auch unsere Sache. *Wir* müssen es tun, sonst tut es keiner. Wer reife Früchte nicht erntet, hat es einfach verpasst. Sie fallen ab und verfaulen, auch wenn sie noch so süss und wunderbar zu essen wären. Ein echtes Problem ist das nicht, weil es im nächsten Jahr ja neue Früchte gibt. Nur schade ist es um die guten Früchte und eine Chance vertan.

Und danke für deine Antwort zu «reloaded». Rosa ist übrigens begeistert von diesem Matrix-Film – David auch –, vom ersten meine ich. Er kam vor Kurzem im Fernsehen, spät am Abend. Bis gegen 1 Uhr lief er. Ich schlief in der zweiten Hälfte den Schlaf des Gerechten, und Rosa bedauerte es sehr. Sie meinte, ich hätte etwas verpasst. Ich jedoch meinte, ich hätte noch etwas vor. Diesen Film bringen sie ja sicher wieder. Was «The Matrix» anbelangt, bleibt mir die Vorfreude also erhalten.

Herzliche Grüsse

Ben

26.

Aufzeichnungen eines Suchenden

Betreff: «Flugjahre»

Hallo Maren, ich habe dir schon ein paar Mal von Piper berichtet. Dass sie mich vertrösteten, dass sie mich um Geduld baten, dass das doch hoffen lasse, sagte ich auch. Gestern sagten sie ab, nichtssagend wie immer und doch vielsagend für mich. Es fiel eine Last von mir. Ich spürte plötzlich, dass es mir gar nicht wirklich wohl wäre im Gerangel der Literaten. Trotzdem war es für mich wichtig und wertvoll, dass meine Geschichte über ein Jahr bei Piper lag. In dieser Zeit konnte meine Erkenntnis wachsen. München ist richtig, das spüre ich nach wie vor, aber es ist der andere Verlag, der kleine Laden mit dem einen Mann mit den grossen Ambitionen. Gleich und Gleich gesellt sich gern, jetzt stimmt die Geschichte wirklich. Du wirst sehen, was ich damit meine, wenn du die letzten paar Seiten in meinem «Flugjahre» liest.

An der Geschichte ändert sich nichts, und zugleich ändert sich alles. Vorne drauf, unter dem Titel und dem Autor, steht jetzt «Aufzeichnungen eines Suchenden», statt «Alchemist für unsere Zeit auf der Suche nach dem Schatz». Und auch «Roman» entfällt. Das Suchen ist der Kern, und die Essenz der Geschichte ist das, was mich, wenn das Buch erscheint, mit den Lesern und den Leserinnen verbindet. Auch da: Gleich und Gleich zusammen.

Jetzt ist die Geschichte reif. Jetzt ist sie reif für die Leser.

Übrigens: Ich habe deine Frage nicht vergessen. «Socrates reloaded»? Was das sei, hast du gefragt. Meine Antwort wird noch folgen.

Herzliche Grüsse

Ben

AW: «Flugjahre»

Hallo Ben, es ist, wie es ist. Vor ein paar Wochen habe ich ein Buch gelesen, mit dem Titel «Erwachen der Menschheit 2012». Der Autor brachte es im Eigenverlag heraus. Es kostete mich nur 15 Franken. Hier stellt sich ja – wie im Moment in allen Sparten auf der ganzen Welt – auch die Frage, ob wir weiterhin die Konzerne unterstützen, oder ob wir andere Wege gehen?

Ich erinnere mich, dir einmal geschrieben zu haben: «Aber der Ben, der will hoch hinaus. Piper oder Diogenes müssten es schon sein ...»

Ich denke, erst wenn du wirklich weisst, was du willst, wirst du finden, was du suchst. Das sagt jetzt grad die Richtige, gell? Meine Zeilen haben wieder Selbstgesprächscharakter.

Gestern habe ich einen Film im Fernsehen geschaut, etwas Locker-Leichtes. Da kam eine Kommunikationsberaterin vor. Sie sagte zu einem Freund: «Ziel setzen, Weg definieren, ohne Umschweife darauf los!» So würde sie es jeweils mit ihren Klienten machen, sagte sie, und das rate sie auch ihm. Dann ist mir wieder der Cancellara in den Sinn gekommen.

Und noch etwas kommt mir in den Sinn. Ich lese im Moment den Roman «Kite Runner» von Khaled Hosseini.

Ich habe mich standhaft geweigert, den Film im Kino anzuschauen. Gestern habe ich mir die Frage gestellt, warum ich das nicht wollte. Heute weiss ich es. Der Film liefert fertige Bilder, nackte Tatsachen, an denen es nichts zu rütteln gibt. Im Buch habe ich, als Leser wie auch als Schreiber, die Möglichkeit, eigene Bilder zu kreieren. Es ist dem Leser überlassen, wie er die Geschichte sieht. Das heisst, der Leser besitzt die Macht.

Liebe Grüsse
Maren

Betreff: «Socrates reloaded»

Hallo Maren, meine Antwort folgt per Post. Ist unterwegs.

Herzliche Grüsse
Ben

AW: «Flugjahre»

Hallo Maren, aber natürlich hast du recht, und es stimmt noch immer. Diogenes, Piper etc. hat alles immer gestimmt im Moment, als ich es in Angriff nahm. Mit voller Überzeugung bin ich an diese Verlage gelangt, und noch an ein paar andere mehr. Keine Zweifel im Moment, als ich es tat. Die Zweifel kamen erst am anderen Tag, aber da war die Post schon weg.

Das ist auch so eine Erfahrung, von der ich gern erzähle, eine Erkenntnis, die ich weitergeben will. Wenn du wirklich die Kraft spürst für etwas, das du willst, dann ist es richtig, dann kann es nicht falsch sein, dann musst du es tun. Muss *ich* es tun, natürlich. Was danach kommt, ist nicht so wichtig. Mein Handeln ist unter diesen Umständen richtig, es führt mich weiter auf meinem Weg zum Ziel. Das Ziel, das ich anstrebe in diesem Moment, ist einfach das Ziel, das ich sehe, weil es mir vor der Nase liegt. Das Ziel dahinter kenne ich noch nicht.

Und während ich dir schreibe, kommt mir in den Sinn, dass das wie beim Orientierungslaufen ist, das ich in jungen Jahren wettkampfmässig betrieb. Da weisst du – du siehst es auf der Karte –, wo der nächste Posten liegt. Zwischen deinem aktuellen Standort und deinem Ziel liegt aber ein Wald, liegen Felsformationen, stehen Bäume, Mulden, irgendwelche Landschaftsformen, die du, da sie markant und sichtbar sind, anpeilen kannst. Dann rennst du, und an der angepeilten Stelle orientierst du dich neu. Und so geht es von Posten zu Posten zu Posten, bis ins Ziel. – Wer hätte das gedacht, dass ich fast vierzig Jahre brauche, um zu erkennen, was ich damals tat: Orientierungslaufen zum Zweck der höheren Erkenntnis! Ist es nicht das, was die Frau im Film, von der du sprichst, ihrem Bekannten rät?

Auch mit den Büchern und den Filmen hast du recht. Trotzdem gehe ich immer wieder gern ins Kino, auch und gerade, wenn es um verfilmte Bücher geht. «Lila, Lila» zum Beispiel hat mir gut gefallen. Leichte Kost, aber sehr schön umgesetzt, und es machte Spass. Ich konnte schwelgen. Ich träumte mich selbst in die Rolle des Schriftstellers, der ich werden will – erfolgreich auch –, auch wenn Piper nicht mehr in Frage kommt. «Kite Runner» habe ich übrigens auch nur gelesen und nicht im Kino geschaut. Harte Kost schon im Buch – und wahrscheinlich auch im Film. Obwohl: Marc Forster traue ich zu, dass er selbst bei dieser Ausgangslage Poesie zu schaffen vermag.

Hoch hinaus will ich noch immer. Ich sage mir jetzt einfach: Auf die Grösse des Flugzeugs kommt es nicht entscheidend an, wenn du fliegen willst. Man sagt ja auch, im Kleinflugzeug sei das Fluggefühl intensiver als im Jumbojet. Was ich suche, ist das Fluggefühl und nicht die grosse Distanz.

Apropos Distanz: Nach Deutschland will ich noch immer. München muss es sein, Frankfurt oder Berlin, vielleicht auch Köln oder Hamburg. Zürich ist auch schön, aber Zürich habe ich jeden Tag. Mit meinem Buch will ich mein Revier erweitern. So sehe ich das, und so soll es sein. Und der Eigenverlag wäre mir nach wie vor zu einsam. Der Kleinstverleger aus München, der Einmannbetrieb, hat übrigens gemailt, im Mai gebe er mir Bescheid. Dass er der Richtige ist, weiss ich wieder einmal ganz genau. «Wieder einmal», sage ich, aber dieses Mal ist es anders. Anders war es andere Male auch, und dann kam es doch wieder anders. Dieses Mal aber ist es wirklich, wirklich anders.

Herzliche Grüsse
Ben

AW: «Socrates reloaded»

Hallo Ben, danke für den lesenswerten Artikel. Gefällt mir gut, ist ziemlich stimmig. Ich machte ja dieses Jahr wieder Gymi-Vorbereitungen, und die Noten in den Aufsätzen waren denkbar schlecht. Eltern kamen zu mir und sagten: «Die heutigen Kinder können einfach keine

Aufsätze mehr schreiben.»

Ich meinte dann gelassen: «Vielleicht müssen sie auch nicht mehr.»

Die Zeit des Dialogs sei zurückgekehrt, sagt der Autor des Artikels. Wie schön ...! Und ich gebe ihm recht, dass die Jugend selten so viel geschrieben hat wie heute. Wir werten es jedoch von unserem Standpunkt aus und werfen ihnen vor, dass sie keine Formen mehr kennen. Ich glaube jedoch, die Jungen sind daran, sich in *ihre* Form zu finden. Wir beurteilen noch nach den alten Kriterien. Das passt dann alles nicht mehr zusammen. *Wir* geben die Noten. So entstehen schlechte Noten. Doch wer sollte die schlechten Noten kriegen? Derjenige, der den Aufsatz schreibt oder derjenige, der ihn (nach alter Manier ...) korrigiert?

Liebe Grüsse

Maren

Betreff: Schlechte Noten

Liebe Maren, schlechte Noten für die Lehrer? Schön, wie du das sagst. Man kann nur hoffen, dass sie es selbst auch noch erkennen. Wir reden ja schon lange davon, dass mit diesem Bildungssystem etwas nicht stimmt, wenn so viele Schülerinnen und Schüler Sonder-, Stütz- und Hilfsunterricht brauchen, um über die Runden zu kommen. Solange sie es nicht merken, die Bildungsverwalter, tröste ich mich damit, dass das Unterstützen der Schülerinnen und Schüler dir und anderen hilfsbereiten und zur Hilfe fähigen Menschen das tägliche Brot beschert.

«Die Jungen sind daran, sich in ihre Form zu finden.» Auch das ist schön gesagt, und mir fällt wieder einmal ein, was ich selbst in «Flugjahre» sage. Ich nehme dort Bezug auf die Lebensgeschichte der Irin Nuala O'Faollain, die ich damals las: «... Heilung geschieht selbst dort, wo es keine Wunden gibt. Ist Nuala die Fürsprecherin der Leidenden und der Verletzten, wie sie selbst es sagt, dann will ich der Anwalt der Glücklichen sein. Wer nicht leidet, hat seinen Schmerz noch nicht erkannt, oder er hat schon in die Form gefunden, die ihm sein Glück verheisst.»

Und an fast der gleichen Stelle: «Was Nuala in New York erlebte, wage ich zu erklären. Es war Heilung, ihr Ankommen bei sich selbst, ihr Finden in die ihr bestimmte Form ...»

Was ich in meiner Geschichte als individuell bedeutsam erleb- und spürbar mache, erhält in deinen Worten, auf die heutigen Jungen bezogen, eine gesellschaftliche Relevanz. Danke, dass du mir diese Erkenntnis schenkst. So funktioniert das mit den Teams, in denen selbst die Spieler nichts voneinander wissen. Der Zeitungsschreiber, mit seinem «Socrates reloaded», weiss nichts von deiner und meiner Erkenntnis. Er braucht es nicht zu wissen.

Und eigentlich, richtig besehen, besteht kein Grund zum Jammern, wenn wir bedenken, dass einer im Tages-Anzeiger – ist ja nicht die Vorhut der Bildungsreform – von «Socrates reloaded» schreibt. Hoffnung auf baldige Einsicht und Umkehr der Bildungsprofis mache ich mir, weil viele Menschen, wie sich immer wieder zeigt, sich gern nach den Winden richten. Oder wenn ich es anders sage – da fällt mir doch seltsamerweise der Aufruf der Hopi-Weisen ein, über den wir einmal sprachen: Sie schwimmen gern mit dem Strom.

Vielleicht ist der Zeitungsschreiber einer, der die neue Strömung oder den neuen Wind schon etwas früher spürt. Ein Vorreiter, Vorschwimmer oder Vorflieger gewissermassen, wie auch wir es sind.

Herzliche Grüsse
Ben

27.

Die Kraft der Geschichte

Betreff: Fliegen

Hallo Maren, du glaubst es nicht, was gestern geschah, nachdem ich dir gemailt hatte. Oder du glaubst es schon, weil du ja ähnliches Zusammenklingen auch immer wieder erlebst. Da wollte ich mich nach meinen inneren Exkursionen noch ein wenig schlaumachen über das, was draussen in der Welt an diesem Tag geschah, und so schaute ich «Schweiz Aktuell».

Sie brachten einen Beitrag zu «100 Jahre Aviatik in der Schweiz», ein Jubiläum, das in diesen Tagen gefeiert wird. Sie zeigten Ausschnitte aus der Filmwochenschau vor 64 Jahren. Es ging um einen amerikanischen Flieger, ein Passagierflugzeug auf dem Weg von München nach Marseille. Das Flugzeug flog zu wenig hoch, als es die Alpen überquerte. Es blieb im Gauligletscher stecken. Die zwölf Passagiere und der Pilot überstanden den Absturz fast unbeschadet. Ein Absturz, dem Wort entsprechend, war es eigentlich nicht. Fast mehr ein Auffahren war es. Da waren Schutzengel und Glücksritter am Werk. Der Pilot habe danach gesagt, ihm sei es vorgekommen, als ob das Flugzeug plötzlich in einer Wolke festgefroren sei. Fünf Tage und fünf Nächte, bitterkalt, harrten die Abgestürzten im Flugzeugwrack aus, bis sie gerettet wurden. Aus der Luft wurden sie fürs Erste mit Lebensmitteln versorgt, man warf die Sachen ab, und nach Tagen wagten dann Piloten der Schweizer Armee eine Landung auf dem Gletscher. Das sei damals spektakulär gewesen, eine Premiere und zugleich die Geburt der Schweizer Flugrettung, und das alles wurde gefilmt. Der Filmer, über 90-jährig, flog für den gestrigen Bericht im Helikopter noch einmal mit auf den Gletscher. Er erzählte die Geschichte vor Ort.

Die enorme Kraft von Geschichten habe ich gespürt, als der alte Mann erzählte. Stell dir vor: Der Mann steht, nicht mehr ganz sicher, aber doch noch kräftig genug, zu beiden Seiten gestützt, am Ort des Abenteuers und erzählt, erzählt, erzählt. Das Flugzeugwrack liessen sie übrigens liegen. Es sei dann allmählich im Schnee und im Eis versunken. Man mutmasst, wie tief es inzwischen liegt. Irgendwann, wenn die Gletscher weiter schmelzen, komme es wieder zum Vorschein.

Von «Schweiz Aktuell» dann in die Welt. Das alles beherrschende Thema in der Tagesschau ist noch einmal das Fliegen. Nichts geht mehr über dem Norden und Nordwesten von Europa, weil der Vulkan in Island Tonnen von Asche in die Atmosphäre speit. Flugasche statt Flugzeuge. Als ob Mutter Erde die Überflieger auf den Boden holen will.

Und ich stelle mir, wie du dir denken kannst, wieder einmal die Frage, was das für mich bedeutet. Sind das Zeichen für mich? Natürlich, sie sind es, sonst wären diese Geschichten nicht bei mir angekommen, nicht in diesem Moment, nicht im Kontext mit dem, was ich dir gestern schrieb. Was also, was spricht das Fernsehorakel? Hoch hinaus ist kein Problem. Im Gegenteil: Wenn einer die Alpen überqueren will, muss er Höhe haben. Und der Stillstand im Flugverkehr? Mühsam zwar für die, die reisen, aber ansonsten nicht wirklich schlimm. Einfach eine Sicherheitsvorsorge, damit nichts Schlimmeres geschieht. Du siehst, das Allzuviel und Allzuhoch erlebt naturgegeben gelegentlich einen Dämpfer, das bringt die Flieger auf den Boden. Aber sobald die Aschewolken verschwunden sind, fliegen sie wieder. Fliegen ist halt schön.

Was mir auch grossen Eindruck macht, ist die Tatsache, dass sich das irdische Feuer in Island durch einen mächtigen Gletscher brennt. Die Rede ist von 200 Meter dickem Eis. Das ist doch eindrücklich, das ist gewaltig!

Auch Geschichten haben die Kraft, das Eis zum Schmelzen zu bringen. Die kalte Kruste meine ich, die das Menschenherz umgibt. Wer Eis zum Schmelzen bringen will, braucht, damit das Werk gelingt, einen Verleger, der das Schmelzen zu seiner Herzenssache macht. Und damit schliesst sich der Kreis zu dem, was ich dir gestern schrieb.

Herzliche Grüsse

Ben

28.

Du hast mich berührt

Betreff: Zwitzerland en Nederland

Hallo Ben, im Artikel, den ich dir schicke, geht es um die SVP in der Schweiz und um Wilders in Holland. Lies vor allem den Anfang und auch den letzten Abschnitt.

Groetjes

Sina

AW: Zwitzerland en Nederland

Hallo Sina, danke für den Artikel aus «De Groene Amsterdammer». Ich habe ihn mit Interesse gelesen, auch wenn ich nicht alles verstand. Eines habe ich aber schon verstanden, und dazu muss ich sagen: Der Schreiber täuscht sich, wenn er zum Schluss der Meinung ist, in Holland könne man nicht skifahren. Dass das auch in Holland geht, haben wir selbst erlebt, mit euch in Den Haag in der Halle, mitten im Sommer!

Recht hat der Schreiber aber, wenn er Holland in die Reihe der normalen Staaten einordnet, die mittlerweile alle ihre Wilders, Blochers und Haiders haben, auch die Le Pens, um die ach so weltgewandten Franzosen nicht zu vergessen. Mir scheint, dass der Zeitungsschreiber dem Sonderfall Holland – «das liberalste Land Europas, vielleicht sogar der Welt» – ein wenig nachtrauert, dass seine Erleichterung darüber, dass der Imageschaden für Holland doch nicht so gross sei, wenn Wilders und seine

Partei in die Regierung einziehen, leicht ironisch oder gar etwas bitter daherkommt. Dem Schreiber scheint es nicht leicht zu fallen, vom Sonderfall Holland zu lassen, wie es auch manch einem Schweizer in den zurückliegenden Jahren nicht leicht fiel, zu akzeptieren, dass wir in vielem nicht anders sind als die anderen, nicht besser, aber auch nicht schlechter.

Wir teilen unsere Probleme mit der Welt und die Welt teilt die ihren mit uns. Selbst das Euro-Debakel mit Griechenland, Portugal, Spanien lässt uns nicht unbeteiligt. Wenn der Euro fällt, steigt der Franken, und unsere Wirtschaft hat es zunehmend schwer, ihre Produkte zu exportieren. Für die Wirtschaft in den Euro-Ländern sei hingegen der tiefe Eurokurs insofern auch ein Gewinn, heisst es, als der Export in den Dollarraum leichter falle. So ist einfach alles miteinander verknüpft, und es fällt einem nicht leicht, das alles zu verstehen. Die Zahlen, die herumgeboten werden, sind ohnehin nicht mehr zu begreifen. Wie sollen wir uns ein Bild machen von den 750 Milliarden Euro, die man über Nacht bereit hat, um das Vertrauen in die angeschlagene Währung wieder herzustellen?!

Ein solches Geschehen, das wir nicht verstehen, macht Angst. Auch darin sind Holländer und Schweizer nicht anders. Verunsichert über das, was noch kommt, ist man da wie dort. Am einen Ort drückt sich die unterschwellige Angst in einer Massenpanik aus, mitten in Amsterdam, von Millionen am Bildschirm landesweit verfolgt und für uns – dich, Jan, Rosa und mich und ein paar Tausend andere – handfest und hautnah erfahren. Und am anderen Ort kommt es zu einer Volksabstimmung über ein Verbot von Minaretten, von denen es im ganzen Land eigentlich keine gibt. Ob da der Grund wohl liegt, dass hier wie dort die Blochers, Wilders, Haiders, Le Pens etc. so grossen Zulauf haben. Die Ängste, die sie bedienen, sind echt. Die Menschen sind wirklich tief verunsichert. Es braucht wenig und schon rennen sie davon, oder sie rennen sich selbst über den Haufen, wie wir es zusammen erlebten. Schweizer und Holländer rannten – mir fuhr es gewaltig in die Knie – und die Ursache war, im Rückblick gesehen, minim.

Übrigens: In unserer Zeitung stand nichts vom Geschehen «op de Dam», das am 4. Mai und auch noch am Tag danach ganz Holland beschäftigt hat. Dafür aber lese ich heute in unserer Zeitung, dass die holländische Frauenzeitschrift «Linda» einer Anzahl Neuabonnentinnen süsse Stunden beim Gigolo schenke. Das liberale, freizügige Holland! Man schreibt in der Schweiz halt gern, was in das Bild passt, das man sich von Holland macht. Für die Schweiz bleibt Holland liberal, Wilders hin oder her. Und wenn man einmal vom Königshaus berichtet, wie zum Beispiel am Koninginnedag, dann stellt man nur nüchtern und mit wenig Verständnis fest, dass es die Königin noch ein paar Jahre machen müsse, nachdem die Umfragewerte des designierten Nachfolgers drastisch gesunken seien. Dem Prinzen nehme man es im Lande übel, dass er sich lieber weltweit dem Wasser widme als zuhause dem eigenen Volk. Auch in dieser Hinsicht habe ich in den Tagen bei euch etwas anderes erlebt. Die Gesten des Prinzen «op de Dam» waren stark. Es waren Zeichen, die Mut machten und Zuversicht vermittelten. *Er* war es, zusammen mit seiner Frau, der die Mutter und Königin auf den Platz zurückführte. Die Königin war sichtlich gezeichnet von dem, was kurz zuvor geschah.

Und *er* war es, der seiner Mutter handfest den Rücken stärkte.

Das sind Nuancen, die die Zeitungsschreiber in der fernen Schweiz nicht sehen, es fehlt ihnen dafür das Gespür. Monarchien sind dem Schweizer Journalisten fremd. In unserer Presse nimmt man ein holländisches Königshaus nicht ernst, man nimmt es nicht wirklich wahr. Man fragt sich eher amüsiert, wofür ein moderner Staat noch eine Königin braucht. Hier fällt es schwer, in der Monarchie einen Sinn zu erkennen. Dort versteht man kaum, wie ein anderes, auch modernes Land eine Regierung wie unseren Bundesrat haben kann, ohne wirklichen Chef. Beides macht Sinn an seinem Ort. Wer das aber verstehen will, braucht Zeit. So viel Zeit haben Journalisten nicht. Was sich heute ereignet, muss sofort geschrieben und morgen zu lesen sein. Übermorgen ist es schon zu spät.

Und so macht man sich auf die Schnelle in der Schweiz ein Bild, das mit der Wirklichkeit in Holland wenig gemeinsam hat. Auch da sind Schweizer und Holländer nicht anders. Im Artikel, den du mir geschickt hast, ist ja auch die Rede von der in sich gekehrten Alpenrepublik. Auch dieses Bild stimmt nicht, wenn du es von Nahem betrachtest. Das Bild von der engen, kleinen Schweiz hat wohl nie gestimmt, auch wenn es hierzulande immer Leute gab und gibt, die es gern so abgeschlossen hätten. Wo die grossen europäischen Verkehrswege mitten durch das Land verlaufen, kann es aber nicht abgeschlossen sein. Auf diesen Wegen reisten zu allen Zeiten auch die Schweizer selbst – nach Holland zum Beispiel und von da auch über das Meer. Wenn sie zurückkamen, hatten sie viel erlebt und sie hatten Geschichten zu erzählen, wie wir zum Beispiel vom «Frijmarkt», von den königlichen Schlössern, von den Tulpenfeldern und von der Blumenpracht oder von Abenteuern, die in die Knochen fuhren.

Für all das mit euch Erlebte bei dieser Gelegenheit noch einmal herzlichen Dank. Ihr habt uns Holland wieder ein schönes Stück näher gebracht.

Herzliche Grüsse
Ben

AW: Zwitzerland en Nederland

Ben, du hast mich berührt mit deiner Antwort.
Groetjes
Sina

Betreff: Nederland

Hallo Ben, bei uns ist alles möglich, wie du aus dem Artikel, den ich dir schicke, siehst. Eine Hanfzucht ausgehoben! Und das ausgerechnet in der Festungsanlage, die wir besichtigt haben, als ihr bei uns wart!

Groetjes
Sina

AW: Nederland

Hallo Sina, was es nicht alles gibt in diesen Erd- und Felsenkellern! Bei uns lassen sie Käse reifen in stillgelegten Tunneln, durch die zu früheren Zeiten noch Eisenbahnen fuhren. Und wenn wir bedenken, wie gross unsere Alpenfestung ist, die vor 70 Jahren dem Rückzug einer ganzen Armee hätte dienen sollen, dann eröffnet sich manch ungeahnte Chance. Wer weiss, ob im stillen Fels, wo niemand es sieht, auch bei uns da und dort ein aromatisches Kräutlein wächst?!

Jetzt hab ich's! Das ist das Schöne, wenn man sich gegenseitig zu Ideen anregen kann. Wenn Holländer, wie wir wissen, in Kenia Rosen pflanzen, weshalb sollten sie dann nicht in den Schweizer Festungskellern – die sind wirklich riesig! – Gemüse ziehen oder Blumen? Das geht ja heute alles auch ohne natürliches Licht und ohne Boden. «Hors-Sol», wie es fachkundig heisst. Und der grosse Vorteil wäre, dass die Nächte im Freien dunkel blieben, kein Licht-Smog durch die Glashäuser mehr. Ein Joint-Venture Holland-Schweiz der ganz besonderen Art!

Und das erinnert mich doch gleich noch an unseren Franz Hohler, von dem ich euch erzählte. Er hat vor Jahren eine bezaubernde Geschichte geschrieben, in der es darum ging, dass unsere Berge ursprünglich in Holland waren. Unsere Urahnen haben sie – mit den Holländern im Geschäft – gegen die Tulpen eingetauscht, die bis dahin im Schweizer Boden wuchsen. «Wie die Berge in die Schweiz kamen» hiess die schöne Geschichte. Nicht ganz ernst gemeint, aber doch ... Die Tulpen kämen mit *meiner* Geschichte an den Ort zurück, wo sie ursprünglich waren. Und wer weiss, was alles noch in die Schweizer Alpen käme?! Wie gesagt: Die Gänge dort sind lang und die Felsenhallen gross und ziemlich unübersichtlich. Nicht auszuschliessen also, dass der eine oder andere Pflanzer die Geschichte vom «Joint»-Venture allzu wörtlich nähme, wörtlicher als gemeint.

Aber wahrscheinlich komme ich mit meiner Idee noch ein paar Jahrzehnte zu früh. Das Wasser im Meer muss noch steigen. Erst wenn in Holland die Dämme nicht mehr genügen, braucht es neues Land für eure Tulpenfelder. Die legen dann eure und unsere Nachfahren mit vereinten Kräften in den Felsenkellern in den Schweizer Alpen an. Und um die Touristen wirbt man dann weltweit: «Besuchen Sie die Schweiz und staunen Sie darüber, wie es *in* den Alpen blüht!»

Herzliche Grüsse

Ben.

Betreff: Holland

Hallo Maren, waren in Holland, wie du im Anhang siehst. Gab wieder eine Geschichte her. War das ein Abenteuer!

Herzliche Grüsse

Ben

Der freie Markt

In Holland findet der freie Markt einmal jährlich statt, im ganzen Land. Frijmarkt wird er genannt. Eigentlich ist es ein Trödelmarkt, aber zugleich ist es auch mehr. Jedes Jahr am 5. Mai, an dem sie die Königin feiern. Was für uns in der Schweiz der 1. August und für Deutschland der Tag der Deutschen Einheit ist, ist für Holland der Koninginnedag.

In Utrecht haben wir den Frijmarkt in diesem Jahr erlebt, Freunde haben ihn uns gezeigt: Sina und Jan, die schon oft davon erzählten – «kommt her, ihr müsst es selbst erleben» – und Marijke, ihre Tochter, mit Maarten, ihrem Mann, die an bester Lage mitten in der Stadt ihre Wohnung haben in einem altehrwürdigen Haus, Antikraak für wenig Geld. Antikraak ist auch eine Besonderheit von Holland. In Sachen Häuserbesetzen waren die Holländer Pioniere, wie sie auch in anderen Dingen Pioniere sind. In Holland bauten sie jahrhundertelang, wo Meer war, neues Land.

In den 1960er-Jahren nahm das Kraaken seinen Anfang. Kraaken heisst das illegale Wohnen in fremdem Eigentum. Kraaker werden in Holland die Hausbesetzer genannt. Als, aus der Wohnungsnot geboren, das Häuserbesetzen begann, begegnete dem die Bevölkerung überwiegend skeptisch, und der Staat griff machtvoll ein. Legende ist, was in Amsterdam im Jahr 1980 geschah: Während sie die Königin krönten, tobte auf den Strassen der Kampf. Man fuhr mit Panzern gegen die Kraaker-Barrikaden auf. Sie waren unversöhnlich hüben wie drüben,

Kompromisse machte man nicht. Umso erstaunlicher, dass sich das Wohnen Antikraak in den Jahren danach etablierte und sich als holländische Besonderheit bis heute erhalten hat.

Mit Gewalt war dem Problem nicht beizukommen. Polizeieinsätze noch und noch führten nicht zum Ziel. Nun griff man zum Mittel der List. Die Hauseigentümer brachten in ihren leerstehenden Häusern Verwandte und Bekannte unter, um das Eindringen von Kraakern zu verhindern. Was auf diese Art als Selbsthilfe der Häuserbesitzer begann, wurde über die Jahre zum Wohnen Antikraak. Es entstanden Vermittlungsagenturen, Antikraakbureaus genannt, die es noch heute gibt. Sie bieten zweierlei an: Zum einen vermitteln sie billigen Wohnraum, ohne Mietvertrag und ohne die entsprechenden Rechte. Wer in eine Antikraak-Wohnung zieht, akzeptiert, kurzfristig ausziehen zu müssen, wenn es zum Abriss oder zum Umbau kommt. Vor allem Studenten, generell junge Leute mit wenig Geld und leichtem Gepäck, machen vom Angebot Gebrauch. Und für die Immobilienbesitzer bieten die Antikraaker Bewachungsdienste an. So nennen sie es selbst. Von Bewachern reden die Agenturen, wenn sie die Bewohner meinen.

Bei den «bewachten» Objekten gibt es alles, vom Altstadthaus, das auf den Umbau wartet, über die leere Fabrik, deren künftige Nutzung noch in den Sternen steht, bis zur Villa, die einer Strasse weichen muss zur gegebenen Zeit. Die gegebene Zeit ist manchmal bald, ein anderes Mal geht es Jahre.

Und wie gesagt: Für die Bewohner ist es billig, für sie hat der Markt es gerichtet. Einfallsreiche Menschen, mit

Vernunft und Fantasie, haben aus der Not ein Angebot gemacht.

Und der Frijmarkt, wie gesagt – der freie Markt – findet einmal im Jahr auf Hollands Strassen statt. Am Tag davor am Abend waren wir in Amsterdam und rannten ums Leben, und Tausende rannten mit. «Dodenherdenking op de Dam», sagten unsere Freunde, «müsst ihr auch erleben, auch das ist ein Teil von uns.» Am Abend vor dem grossen Fest gedenkt das Land seiner Toten im Krieg. In Amsterdam ist es die Königin selbst, die einen Kranz niederlegt, danach folgen Schweigeminuten.

Wir kamen früh, um gute Plätze zu haben, und standen in der ersten Reihe, als es geschah. Wir waren mittendrin. Die geladenen Gäste schritten aus der Kirche über den Platz, durch den Korridor, wo wir an der Abschrankung standen. Zuletzt ging die Königin vorbei, nur eine Armlänge entfernt. Zwischen ihr und uns ein Zaun und eine Reihe Wachen, Militär und Polizei. Dann wurde geredet, nicht lang, wurden Kränze niedergelegt, und dann zwei Schweigeminuten. Es war unglaublich still. Totenstille legte sich über den Platz und über die Stadt. Ob tatsächlich auch die Stadt zur Ruhe kam, bin ich mir nicht sicher, aber das Gefühl von Stille war total – und dann: ein Schrei, ein Rufen, noch mehr Rufe folgen, alles sekundenschnell, für Überlegen ist keine Zeit.

«Runter auf den Boden!»

Ich tue wie geheissen, schaue mich um und renne, und neben mir rennt meine Frau, zur rettenden Gasse hin. Wir kommen 20 oder 30 Meter weit, bis die Welle wieder steht. Hinter uns haben sie den Zaun, der den Korridor gebildet hat, von der anderen Seite überrannt. Es gab dort *auch Verletzte. Jetzt reden, reden, reden wir, und Kinder weinen, und im Lauffeuer machen Geschichten ihren Weg. «Es war ..., es hat ..., ein Mann ..., ein anderer rief ‹eine Bombe› ...» Und plötzlich ist die Königin wieder da und die Zeremonie nimmt ihren Lauf. Wir hatten nichts davon mitbekommen, dass man die Königsfamilie, als die Panik begann, an einen sicheren Ort verbrachte. Wir sahen nichts, wir wollten nur noch weg.*

Das Reden und Erzählen geht weiter, im Zug, im Bus, im Auto auf dem Weg und auch am Telefon, weil alle wissen wollen, wie es ihren Lieben geht, die in Amsterdam sind oder waren. Auch am Fernsehen war es ein Moment des Schreckens: Ein See, kein Wind, still und unberührt – und dann ein Stein ins Wasser und eine Welle, die springt. Wer vor dem Fernseher sass, konnte nicht einmal rennen. Und es half auch nichts, dass die Ursache, wie sich im Nachhinein ergab, vergleichsweise harmlos war. Ein geistesgestörter Mann tat in die Stille einen Schrei. Wofür, weshalb, weiss niemand. Der Mann wurde sogleich ergriffen. Man führte ihn weg, aber man konnte nicht verhindern, dass sich eine Welle der Angst über die Menge ergoss.

Am anderen Tag war Frijmarkt, wie gesagt, in der Innenstadt von Utrecht. Marijke sass an der Strasse vor dem Haus und hielt ihre Waren feil, und Maarten offerierte ein Bier. Zur Rechten und zur Linken die ganze Strasse lang und die nächste und übernächste und noch viele Strassen mehr war Markt, Markt, Markt und war ein grosses Fest. Es wurde geredet, gegessen, getrunken, und es wurde getanzt auf Partybooten in der Gracht. Es war ein Mix von Karneval, Trödelmarkt und Street- oder Love-Parade. Für jeden und für jede fand sich ein Angebot. Ich kaufte, wie könnte es anders sein, ein vielversprechendes Buch. Es trug den Titel «De Drieling op Tienertoer», und die Autorin hiess Trix van Brussel. Wie man mir sagte, war oder ist diese Autorin bei Hollands Mädchen Kult. Das Richtige also für mich! Die junge Truppe hat ihr Angebot in den höchsten Tönen gelobt. Sie empfahlen jedem jedes Buch auf ihrem Wagen, unbesehen des Geschlechts, des Alters und des Geschmacks. Sie waren von ihrem Angebot restlos überzeugt, und sie hatten wirklich recht. Alles war wertvoll, was sie verkauften, alles ausnahmslos, und günstig war es auch. Ich erwarb das Junge-Mädchen-Buch, ich hätte aber ebenso gut auch ein Lexikon kaufen können oder einen Krimi oder ein Kochbuch. Ich kaufte ein Buch für alle Fälle. Ich nehme es von Zeit zu Zeit zur Hand, schlage es auf an beliebiger Stelle und ... Zu lesen gibt es nichts. Es gibt überhaupt nichts in diesem Buch, nur weisse Seiten, die mich an den Frijmarkt erinnern.

Zwei Tage danach im Zug, auf der Heimfahrt in die Schweiz, lasse ich den Urlaub mit einer holländischen Zeitung ausklingen. In einem Leserbrief geht es noch einmal um das Geschehen von Amsterdam. «Am 4. Mai gedenken wir der Kriegsopfer, und am 5. Mai feiern wir unsere Freiheit, nicht nur die Königin», schreibt einer, um dann über das Wesen und den Wert der Freiheit zu sinnieren. Auch davon haben Jan und Sina erzählt, von der Befreiung des Landes vor 65 Jahren, als der Krieg zu Ende ging. In der Zeitung hat man neben den Leserbrief ein passendes Foto platziert: Menschen hinter einem Spruchband mit dem Satz: «Vrijheid maak je met elkaar». Ja, der Spruch hat recht! Denn Freiheit, soll sie Freiheit sein, wird nie allein gemacht. Allein ist der Markt kein Fest.

29.

Die einfache Sprache

Betreff: Einfachheit

Hallo Maren, von der komplexen Welt sprachen wir, als wir uns am Samstag über den Weg liefen, wie der Zufall es wollte – oder die Quantenphysik oder das morphogenetische Feld oder dies oder das oder was? Und von der einfachen Sprache hatten wir es auch, die Ordnung im Chaos schafft. Ja, du hast recht. Die einfache Sprache, die die Dinge beim Namen nennt, ist schön. Frisch von der Leber weg. Und ja, der Anwalt macht es anders. Es macht mir oft zu schaffen, dass ich meine Anwaltsworte auf die Goldwaage legen muss. Und dann kommt, was der Anwalt schreibt, in vielen Fällen ziemlich gewunden heraus. Ganz anders unsere Mails, da muss kein Filter sein. Die Sprache des Herzens hat Platz.

Einfach oder komplex? Complectari, sagtest du, heisse umarmen oder umfassen. «Umfassend» sage ich und meine ganz. Wer Komplexes anzubieten hat, erhebt den Anspruch, dass es alles abdecken kann. Alles ist total, für anderes hat es keinen Platz. Ich ziehe das Berühren dem Umfassen vor. In der berührenden Geste liegt eine Leichtigkeit. Der Berührende und der Berührte bleiben beide frei. So habe ich inzwischen erkannt, was mir wichtig ist, und dass ich seit ein paar Jahren das leichte Berühren übe. Es hat recht lange gedauert, bis ich in meine Form des berührenden Schreibens fand.

Von *deinem* Buch und deinem jungen Helden hast du auch erzählt. Es stagniere seit geraumer Zeit. Ideen über Ideen kämen bei dir an, viel zu viele, um sie alle zu verwerten, wie ich dich verstand. Mir ginge es nicht anders, wenn ich mich nicht auf eine meiner Geschichten, auf die eigene nämlich, konzentrieren würde. Auch das ist so ein bedeutungsschwangeres Wort, dieses Konzentrieren. Hat mit dem Zentrum zu tun, mit der Mitte. Meditieren, als in die Mitte finden. Mein berührendes Schreiben ist meine Meditation. Ich begegne mir im Kern.

Zu deiner Geschichte also, die stagniert: Ich weiss natürlich, dass du allein den Grund für das Stagnieren kennst. Ich kann nur Fragen stellen: Wann hast du mit deiner Geschichte begonnen? Hat sich die Geschichte überlebt? Ob du eine andere geworden bist, seit du zu schreiben begannst? Ob du eine andere Geschichte inzwischen erzählen möchtest? Von einer vielleicht, die mittlerweile ihr Glück gefunden hat? Eine neue Heldin oder ein neuer Held, wer weiss? Oder die Geschichte fängt anders an?

Ich denke, dass eine Sache nicht falsch sein kann, mit der wir uns jahrelang beschäftigen, nur passt die Stimmung nicht mehr, weil wir uns aus dem, was einmal war, herausgeschrieben haben. Wer aus dem Herzen schreibt, der spürt es, wenn die Geschichte nicht mehr stimmt. Dann schreibst du um und um und kommst nie an ein Ende, oder du akzeptierst irgendwann, dass die Ge-schichten, wie das Wort es sagt, ihre Schichten haben. Dann wird es normal, dass auch du selbst in deiner Geschichte ständig Neues entdeckst und dass Idee um

Idee noch aufgenommen werden will.

Schreiben sei die Kunst des Weglassens, habe ich einmal gehört. Auch das stimmt, wie wir selbst erleben. Das Weglassen fällt mir nicht mehr schwer, weil ich inzwischen weiss, dass auch ungesagt den Weg in meine Geschichte findet, was im Stillen mitschwingen will.

So, nun habe ich wieder viel gesagt, das belehrend tönt, obwohl ich dich nicht belehren will. Eigentlich habe ich nur laut gedacht. Vielleicht ist darunter auch etwas, das dich anregt oder dir über die Blockade hinweghelfen kann. Oder, wer weiss, vielleicht ist das Verharren am Ort ja auch nicht falsch. Wer läuft und läuft und läuft, übersieht es bekanntlich gern, wenn ihm das Glück auf den Fersen folgt ...

Jetzt gehe ich eine Runde joggen.

Herzliche Grüsse

Ben

30.

Feuer im Herzen

Betreff: Glück!

Hallo Ben, ich gebe dir eine kleine Geschichte weiter, die mir kürzlich begegnet ist, und verbinde damit meine besten Wünsche für das neue Jahr:

Der einzige Überlebende eines Schiffsunglücks wird an den Strand einer unbewohnten Insel gespült. Er hält Ausschau nach einem Schiff am Horizont. Nach Tagen ergebnislosen Suchens richtet er sich auf der Insel ein, er baut sich eine Hütte. Eines Tages kommt er von einem Gang über die Insel zurück und findet seine Hütte in Flammen. Er ist verzweifelt. Am Morgen darauf weckt ihn das Geräusch von Motoren, ein Boot legt bei ihm an. Man kommt, um ihn zu retten. «Wir sahen dein Rauchsignal», sagen ihm die Retter.

Auch dir viel Glück im nächsten Jahr, wie auch immer dein Glück dich findet, und frohe Weihnachten!

Liebe Grüsse

Maren

AW: Glück!

Liebe Maren, ist das eine schöne Geschichte! Auf dass unsere «Hütte» zur rechten Zeit Feuer fange und man die Rauchzeichen sieht! Und auf ein Neues im neuen Jahr! Alles Gute und schöne Festtage wünsche ich auch dir.

Von ganzem Herzen
Ben

Betreff: «Hütte»

Hallo Ben, hab ich's mir doch gedacht, dass du es magst, wenn Feuer im Dach ist. Auch mir hat die Geschichte gefallen. Es gibt noch eine andere in dieser Art, mit wilden Pferden, die ist auch schön. Diese andere Geschichte erzähle ich ein anderes Mal.

Herzliche Grüsse
Maren

Betreff: Feuer

Aber hallo Maren! Nicht ganz richtig verstanden dieses Mal. Ich dachte an ein Feuer im Herzen. «Feuer im Dach» behagt mir nicht – nicht mehr. Hat mir nie richtig gefallen. War nie wirklich behaglich, gab einen heissen Kopf.

Nochmals herzliche Grüsse und auf neue Geschichten!

Ben

31.

Alles mit allem verbunden

Betreff: «Nichts»

Hallo Maren, ein Rauchzeichen von meiner einsamen Insel! Wie ich auf das Rauchzeichen komme? Ich schaute nach, wann wir das letzte Mal mailten. Mir schien es ewig her, aber so lang war das nicht. Im Dezember tauschten wir das letzte Mal ein paar Gedanken aus. Es ging um die Geschichte mit der Insel, auf der die Hütte brannte. Dann kam der Winterschlaf, der ziemlich produktiv war. Aber dazu ein anderes Mal, wenn die Früchte sichtbar werden.

Im Moment ist es ein Buch – auch ein Buch, aber nicht das meine –, das mich zu dir führt. «Nichts» von Janne Teller. Hast du davon schon gehört? Oder hast du es schon gelesen? Ein Jugendbuch, sagt man. Ich habe es gestern Abend im Schnelldurchgang gelesen. Ich musste durch ans Ende. Ich las es quer. Aber auch so war es noch happig. Um Jugendliche geht es, 13 und 14 Jahre alt, auf der Suche nach Bedeutung und Sinn. Was dabei herauskommt, ist verheerend.

Die Autorin von «Nichts» heisst Janne Teller. Klingt etwas an bei dir? – Da kommt *meine* Geschichte ins Spiel. In «Flugjahre», im dritten Teil, spielt ein Roman von Janne Teller mit dem Titel «Odins Insel» eine Rolle. In diesen Roman zog es mich hinein. Das kannst du lesen, wenn du magst, musst du aber nicht. Es beschäftigt ja mich, nicht dich, dass diese Autorin jetzt «Nichts» geschrieben hat, das Gegenstück gewissermassen zu meiner Sinnsucher-Geschichte.

Daher noch einmal meine Frage: Kennst du «Nichts»? Hast du es gelesen? Oder haben deine Schüler davon erzählt? Dieses Jugendbuch soll grosse Verbreitung gefunden haben, lange bevor es zu mir gelangte. Wenn du es kennen solltest, dann sag mir bitte, was du davon hältst. Mich hat dieses Buch verstört – ich kann es nicht anders sagen – und es hat mich fasziniert. Es hat mich gepackt, müsste ich eigentlich sagen. Ich bin gespannt auf deine Antwort.

Und sonst: Gut in den Frühling gestartet? Den Winter gut verbracht?

Herzliche Grüsse

Ben

AW: «Nichts»

Hallo Ben, danke für deine Zeilen. Zwei Wörter fallen mir auf: «Nichts» und «verstört». Ich kenne weder das Buch noch die Autorin. Das macht es für mich einfacher, ETWAS oder NICHTS dazu zu meinen. «Nichts» klingt nach einem philosophischen Roman. Und du hast gesagt, dass es ein Jugendroman sei? Also Philosophie für Jugendliche, eines meiner Steckenpferde. Ich habe zwei Jahre lang mit Jugendlichen philosophiert, schulmässig (sollte überall Pflichtfach sein – doch Betriebswirtschaft und solche Dinge sind scheinbar wichtiger!), und es ist ganz spannend, was dabei rauskommt. Über das

Nichts nachdenken, das machen meist Weise aus dem Osten. Wenn es (westliche) Jugendliche machen, umso erstaunlicher!

Dein Ausdruck «verstört» hat mich dann stutzig gemacht. Ein Stör ist doch ein Fisch, der im Schlick wühlt. In welchem Schlick wühlst du?

Mir geht es gut. Der Frühling weckt meine Lebensgeister. Ich bin gespannt, was auf der Welt passiert, wenn alles in Bewegung kommt: die Erde, das Meer. Sind wir bereit, uns mitzubewegen oder halten wir an unseren Kartenhäusern fest, nur um der Gegenwart und der Zukunft (sie ist schon da) nicht ins Auge schauen zu müssen? Finden wir immer noch, Japan und Libyen hätten nichts mit uns zu tun, oder merken wir, dass wir alle miteinander verbunden sind?

Übrigens, die Jugend hat es längst gemerkt. Sie tummeln sich auf diesen Internetplattformen, die besagen: Be connected! Sie verbinden sich. Nur wir Erwachsene haben es noch nicht kapiert. Wir tadeln die Jungen wegen zu häufigem Internet und schrauben an ihnen rum: «Aus dir soll ETWAS werden!»

Ach, und wie war das jetzt mit dem NICHTS?

Sonnige Grüsse

Maren

AW: «Nichts»

Hallo Maren, der Stör passt, im Schlick wühlen auch. Im Schlick, am Grund, wo die Nährstoffe sind. Danke für deinen Tipp. – «Verstört», diesen Ausdruck habe ich gebraucht, weil ich noch nichts Vergleichbares erlebte mit einem Buch. Berührt und bewegt, das habe ich gekannt. Aber das mit dem «Nichts» war neu. Ich war zu anderen Malen auch schon über Bücher wütend. Damit wusste ich umzugehen, ich schmiss sie fort. Aber dieses «Nichts» konnte ich nicht einfach entsorgen. Wie willst du «Nichts» entsorgen?! Das ist das Problem, das ist es, was mich in erster Linie stört. Das «Nichts» ist da, fast unerträglich, loswerden kann ich es nicht.

Vom Vernetzen sprichst du, das die Jungen machen und von dem wir sie abhalten wollen. Ein paar Erwachsene, muss ich dir sagen, gibt es schon, die das mit dem Vernetzen auch begriffen haben. Be-griffen wortwörtlich, weil sie es handfest machen. Ver-standen auch, mit Beinen und mit Füssen. Es kann, muss jedoch nicht zwingend, der Computer sein. Wir haben ja – aber wem sage ich das – auch in uns einen Sender und einen Empfänger.

Und dann noch einmal zum «Nichts»: Und wie war das jetzt mit dem «Nichts»?, hast du mich gefragt. – Philosophie, wie du annimmst. Handfeste Philosophie! Brachial, um es präzis zu sagen. Willst du es lesen, dann sag es mir. Dann werfe ich es demnächst in den Briefkasten bei dir, und danach schauen wir weiter.

Herzlich
Ben

PS: Dann las ich noch einmal deine Zeilen und erinnerte mich an das, was ich über Mittag im Gespräch mit Rosa erkannte. Wir hatten es vom Lernen und vom Computer. Heute Morgen nahm ich aus der Zeitung die Annonce einer Schule heraus. Eine Schule in Zürich, die spezielle Kurse für über 50, für «alte Knaben» wie mich, anbietet. Irgendetwas muss beim Lernen in diesem «hohen» Alter besonders sein, dachte ich. Wofür sonst besondere Schulen und besondere Kurse? Ich habe mich auch gefragt, weshalb mir ausgerechnet heute diese Anzeige begegnet, nachdem mir gestern Abend beim «Nichts» der Gedanke kam, dass ich dich fragen sollte, die Fachfrau in Sachen Lernen, was du davon hältst. Die Fachfrau in Sachen Jugend. Ich wage zu vermuten: Es könnte tatsächlich um die besondere Art des Lernens gehen, die mir für mich die angemessenste scheint. Vor ein paar Tagen habe ich nämlich erkannt, was es wirklich war, was ich in den letzten Jahren machte. Meine Lehr- und Wanderjahre nenne ich das inzwischen, auch wenn ich am Ende meiner Lehre keinen Lehrbrief in die Hände bekam. Niemand hat mir in meiner Lebensschule je ein Diplom erteilt. Es sagte mir auch keiner, wie lange die Schule dauert. Auch die Lektionen hat niemand gegeben, und niemand hat den Stoff bestimmt. Trotzdem habe ich intensiver gelernt, als ich es mir für irgendeine Schule vorstellen kann. Ich lernte mit Haut und Haar oder mit Kopf, Herz und Hand. – Du schreibst vom Philosophieren, das in der Schule Pflichtfach werden müsste, und du schreibst vom Nichts, über das die Weisen im Osten seit jeher nachdenken würden. Vielleicht ist es auch das, was mich so stark beschäftigt. Das Nichts, wie es das «Nichts» erzählt, ist durchaus auch mein Thema, und auch in dieser Art, wie es diese jungen Menschen machen. Sie handeln, sie denken nicht nur darüber nach. Sie schaffen ein Kunstwerk, eine Skulptur, auch wenn es das aus ihrer Sicht nicht ist. Sie philosophieren ausserhalb der Schule, in einem stillgelegten Sägewerk, wenn wir es philosophieren nennen. Für mich ist das viel mehr. Ich fühle mich den jungen Menschen in dieser Geschichte verwandt. Vielleicht kannst du noch mehr dazu sagen, wenn du «Nichts» gelesen hast. Aber vielleicht magst du auch nicht, und vielleicht lese ich es bei Gelegenheit selbst noch einmal, oder ich werfe es, wenn die Zeit gekommen ist, fort.

32.

Nach Hause zurückgekehrt

Betreff: «Nichts»

Hallo Maren, manchmal geht es schnell. Es geht schneller, wenn ich es in Worte fasse. Nährstoff hin oder her, verstören lasse ich mich nicht – nicht mehr. Philosophieren hin oder her, dieses Buch ist die Kopfgeburt einer Erwachsenen. Mich interessiert viel mehr, was die Jungen in Arabien machen. Revolutionäre, die sich im Internet finden. Oder in Japan, wo die Jungen erwachen – vielleicht auch die Alten – und sich nicht mehr länger von den Machthabern gängeln lassen. Bei uns erwachen sie auch. Mal schauen, welche Formen es annimmt. Und das Buch werfe ich jetzt fort. Das «Nichts» ist nicht meine Sache.

Meine Sache heisst «Sinn», das pure Gegenteil. Auch im «Nichts» ist es nicht wirklich nichts, das die Jugendlichen zum Handeln treibt. Sie suchen nach der Bedeutung, und sie finden Wert über Wert. Aber wie es geschieht, ist eine Katastrophe. Was zurückbleibt, ist verbrannte Erde. Mein Suchen nach Sinn geht anders. In meiner Geschichte bin ich inzwischen nach Hause zurückgekehrt.

Ausgezogen, um mein Glück zu finden, habe ich entdeckt, dass ich es mit mir trug. Zu reisen hat sich gelohnt, weil die Geschichte, die daraus entstand, eine *schöne* Geschichte ist. Eine *frucht*bare Geschichte ist es auch, derweil das «Nichts», das ich entsorgen will, eine *furcht*bare Geschichte ist. Solltest du das Buch noch wollen – zu Studienzwecken vielleicht –, dann sag es bitte bald. Ich handle nämlich schnell, wo ich handeln kann. Ballast werfe ich ab, sobald ich diesen erkenne.

Damit genug für heute. Nun ist wieder Ruhe eingekehrt, während heute Nachmittag vorne an der Strasse Bauarbeiten mit beträchtlichem Lärm im Gange waren. Der Belag wurde neu gemacht auf die Schnelle. Wie gesagt: Manchmal geht es schnell!

Und jetzt ins Singen. Hauptprobe heute Abend. Morgen und am Sonntag haben wir unseren Auftritt. Es klappt noch vieles nicht. Wir üben uns in der Hoffnung, dass es trotzdem gelingt.

Ich wünsche dir einen schönen Abend und danke noch einmal für deine anregenden Gedanken.

Herzlich

Ben

AW: «Nichts»

Ja, ich möchte es lesen …
Liebe Grüsse
Maren

AW: «Nichts»

Hallo Maren, du erhältst das «Nichts» demnächst. Und dann bin ich gespannt, wie es bei dir ankommt.

Ich habe inzwischen noch ein Interview mit Janne Teller gelesen. Es hat mich mit dem Buch und mit der Autorin wieder ein wenig versöhnt. Aber trotzdem ist mir *meine* Geschichte lieber – mein eigenes «Nichts».

Ich wünsche dir einen schönen Tag und grüsse dich herzlich

Ben

AW: «Nichts»

Hallo Ben, «Nichts» ist angekommen. Vielen Dank. Übers Wochenende habe ich begonnen, «Nichts» zu lesen. «Nichts» haut mich nicht um. Doch ich muss zugeben, ich verstehe manchmal diese skandinavischen Autoren auch nicht. Philosophisch finde ich nicht viel Neues, was aber auffällt, ist das Gewaltpotenzial. Es gibt doch all diese Krimis aus dem Norden (die Mankells und so ...), die viele so gerne lesen. Ich habe mich einmal an einen gewagt. Doch ich kann nichts damit anfangen. Dieses Düstere, Nihilistische ist nichts für mich. Da bin ich einfacher gestrickt. Meine Welt ist eine sonnige, nicht wie die Welt der Krimischreiber und dieser dänischen Autorin. Doch, wer weiss, vielleicht kommt die Sonne ja auch da noch zum Vorschein, auch im Nichts ...! Ich bin gespannt.

Liebe Grüsse

Maren

AW: «Nichts»

Liebe Maren, gut, dass wir Südländer sind, wenn auch nördlich der Alpen zuhause. «Vielleicht kommt die Sonne ...», meinst du. Ist die Hoffnung nicht auch ein Teil von unserem sonnigen Gemüt? Die Verbindung, die du zu Mankell herstellst, passt. Jetzt kann ich «Nichts» einordnen. Meine Ordnung ist wieder hergestellt. Ich danke dir dafür.

Dann bleibt nur noch die Frage, was es denn ist, das so vielen Leserinnen und Lesern, auch im sonnigen Süden, an den düsteren «Nordlichtern» gefällt. Mir scheint, es hat damit zu tun, dass im hohen Norden Licht und Dunkel anders verteilt sind als bei uns. Wenn ihre Geschichten dunkel sind, dann sind sie wirklich dunkel. Dafür leuchten ihre hellen Geschichten überirdisch schön. Denk nur an Astrid Lindgren und die «Brüder Löwenherz».

Herzliche Grüsse
Ben

33.

Die Welt zu erzählen

Betreff: Janne Teller

Hallo Maren, ein Nachtrag noch zu heute Morgen: Der Zufall spielt wieder einmal mit. Janne Teller ist, wie der Tages-Anzeiger berichtet, am Mittwochabend an der Uni in Zürich zu Gast. Sie stelle ihr neues Buch vor: «Krieg – Stell dir vor, er wäre hier». Nicht, dass mich dieses Buch interessieren würde. Was mich aber brennend interessiert, ist das Phänomen Janne Teller. Warum ist dieser Frau ein solches Echo beschieden?! Es muss an der Person liegen. Die Person interessiert mich. Und ich will auch wissen, was die jungen Leute an der Uni der Autorin zu sagen haben. Das vor allem ist es, was ich in Erfahrung bringen will. In diesem Sinn gehe ich hin. Du wirst wieder von mir hören, wenn ich etwas Erzählenswertes erfahre.

Herzliche Grüsse
Ben

AW: Janne Teller

Hallo Ben, wie es der Zufall will, ich bin am Verfassen der neuen Broschüre für mein Atelier. Und da ist es für mich schwierig, alles, was ich tue, auf einen Nenner zu bringen. «Subsumieren» könnte ich auch sagen. Hat nicht Maria Montessori – du weisst, dass ich viel von ihr halte – einmal gesagt, die ganze Welt sei Mathematik?

Wie recht sie hatte! Sogar die Begrifflichkeit einer dezidierten Sprachlerin ist mathematisch!

Aber zurück zur Sache: Da habe ich mir also überlegt, was dem allem denn gemeinsam sei? Und just flutscht deine Mail dazwischen und ich lese deine Frage: «Warum ist dieser Frau ein solches Echo beschieden?»

Und da – ganz in der Manier von Wicki und die starken Männer: Ich hab's! – habe ich die Antwort auf beide Fragen, meine und deine: Es sind die Beziehungen. Es sind die Verbindungen. In meiner Arbeit als Übersetzerin sowie Lern- und Lebenscoach sind die Beziehungen wichtig. Sprache braucht Beziehungen. Lernen braucht Beziehungen. Leben braucht Beziehungen (auch zu sich selbst). Und das muss es sein, was diese Autorin hat. Sie hat den Dreh raus, wie man Verbindungen schafft. Du wirst es am Mittwoch sehen. So bin ich gespannt, ob meine These stimmt.

Liebe Grüsse

Maren

Betreff: «Nichts»

Hallo Maren, Pingpongpingpongping ..: Ich denke schon, dass deine These stimmt. Eine Meisterin im Verbinden! Und wenn ich dazu mit meiner These ergänze: Janne Teller hat die Essenz des Erzählens erkannt. Aus diesem Grund macht sie es kurz und bündig. Ihr neues Buch ist dünner noch als «Nichts», nur 64 Seiten.

Hat Montessori nicht auch das gemeint, als sie ihren Ausspruch tat: «Die ganze Welt ist Mathematik»? Seltsam nur, dass ich bei einer Geschichte nie an Zahlen denke, obwohl es er-*zählen* heisst. Dem Mathematiker geht es wahrscheinlich nicht anders. Sprache ist ihm meilenweit entfernt, wenn er sein Wissen übt. *Seine* Lehre sind Formeln. Ob da der Hund begraben liegt? Ob das die Spaltung ist, die wir überwinden müssen?

Janne Teller, im Zeitungsinterview, wird zuletzt gefragt, ob das, womit wir uns beschäftigen, nicht Luxusprobleme wären im Vergleich mit dem, was sie in Afrika erlebte? Dort stelle ja der Besitz eines Buches und die Fähigkeit zu lesen schon einen Luxus dar? Worauf die Autorin sagt, dass das mündliche Erzählen und die Musik in Afrika die gleiche Rolle spielten, wie bei uns die Literatur. Und wörtlich fährt sie fort: «Ich glaube, dass zwischen unseren Seelen und der Realität, die uns umgibt, eine Art Graben besteht. Wir alle brauchen etwas, um diesen Graben zu überbrücken: Geschichten. Ob Sie diese Geschichten lesen, hören oder singen, ist nicht so wichtig. Wichtig ist nur, dass es sie gibt.»

Ob der Rhythmus und der Klang, wenn wir verbinden wollen, vor allem wichtig sind, so wichtig wie das Erzählte? Ich selbst stelle immer wieder fest, wie viel es mir bedeutet, dass meine Sätze klingen. Sollte ich wider Erwarten doch auch das neue Buch von Janne Teller lesen, dann mache ich es anders als beim «Nichts». Dann teste ich Rhythmus und Klang, statt mich am Inhalt der Geschichte zu stören.

Herzliche Grüsse

Ben

Betreff: «Kleine Welt»

Hallo Maren, ich war da, in Zürich bei Janne Teller. Statt zu erklären, schicke ich dir eine Geschichte, die sich gestern und heute ergab. Darf ich das? Ich hoffe sehr, dass du mir erlaubst, deine Worte zu verwenden, sie passen wunderbar. Diese Geschichte soll in der «Leben & Bewegen» erscheinen.

Ich benütze gern die Gelegenheit, um dir zu zeigen, wie ich mittlerweile mein Erzählen verstehe.

Herzliche Grüsse

Ben

Kleine Welt

Kennen Sie «Nichts»? – Es ist ein Buch von einer Dänin, Janne Teller. Sie lebt in New York, ist 47 Jahre alt und schreibt für junge Leser. Für die EU und für die UNO war sie in Afrika unterwegs, bevor sie Schriftstellerin wurde. Ihr «Nichts» hat eine bemerkenswerte Geschichte. «Hat» – Sie lesen richtig – «ist» gilt jedoch auch. Als das Buch im Jahr 2000 in Dänemark erschien, wurde es für die Schulen verboten. Dann wurde Pflichtlektüre daraus. In Skandinavien, und darüber hinaus, wird «Nichts» von Schülerinnen und Schülern und Lehrerinnen und Lehrern, wie man hört und liest, heftig diskutiert. «Nichts» fordert heraus. Auch mich hat es gefordert, obwohl ich kein Schüler mehr bin.

Ich fragte Maren per Mail: «Hallo Maren, ein Buch führt mich zu dir, ‹Nichts› von Janne Teller. Hast du davon schon gehört, oder hast du es gelesen? Ein Jugendbuch soll es sein. Ich las es im Schnelldurchgang. Ich musste und wollte durch. Ich habe es quer gelesen. Mehr war mir zu viel. Von Jugendlichen handelt die Geschichte, 13 und 14 Jahre alt, auf der Suche nach Bedeutung und Sinn. Was dabei herauskommt, ist verheerend. Dieses Buch hat mich verstört – ich kann es nicht anders sagen – und zugleich hat es mich gepackt, mit Haut und Haar und Knochen. Auf deine Antwort bin ich gespannt. – Und sonst: Gut in den Frühling gestartet? Den Winter gut verbracht?»

«Hallo Ben, danke für deine Zeilen. Mir fallen zwei Wörter auf: ‹Nichts› und ‹verstört›. Ich kenne weder das Buch noch die Autorin. Das macht es für mich leichter, *etwas oder nichts dazu zu meinen. ‹Nichts› klingt nach einem philosophischen Roman. Und du hast gesagt, dass es ein Buch für Jugendliche sei. Also Philosophie für Jugendliche, eines meiner Steckenpferde. Sollte überall Pflichtfach sein – doch Betriebswirtschaft und solche Dinge sind scheinbar wichtiger! Und es ist spannend, was da rauskommt. Über das Nichts nachdenken, das machen meist Weise aus dem Osten. Wenn es westliche Jugendliche machen, umso erstaunlicher! – Dein Ausdruck ‹verstört› hat mich dann stutzig gemacht. Ein Stör ist doch ein Fisch, der im Schlick wühlt? In welchem Schlick wühlst du? – Mir geht es gut. Der Frühling weckt meine Lebensgeister. Ich bin gespannt, was auf der Welt passiert, wenn alles in Bewegung ist: die Erde und das Meer. Sind wir bereit, mit der Bewegung zu gehen oder halten wir an unseren Kartenhäusern fest? Finden wir noch immer, Japan und Libyen hätten nichts mit uns zu tun, oder merken wir, dass wir alle verbunden sind? Die Jungen haben es längst gemerkt. Sie tummeln sich auf diesen Internetplattformen, die besagen: Be connected! Die Jungen verbinden sich. – Und jetzt, wie war das mit dem Nichts?»*

«Dein Stör gefällt mir gut. Im Schlick ist Nährstoff drin. Und ja, wie war das mit dem Nichts? – Es ist nicht wirklich das Nichts, das die Mädchen und Jungen zu ihrem Handeln treibt in Janne Tellers Geschichte. Tatsächlich suchen sie Bedeutung, und sie finden Wert über Wert. Wie es geschieht, ist aber schlimm. Was zurückbleibt, ist verbrannte Erde. Willst du das Buch, zu Studienzwecken vielleicht?»

«Ja, bitte gib es mir.»

«Ich bringe es dir vorbei. Und übrigens: Ich habe heute

in der Zeitung – wie der Zufall wieder spielt! – noch ein Interview mit Janne Teller gelesen. In Zürich sei sie demnächst, um ihr neues Werk vorzustellen. Was die Frau in der Zeitung sagt, hat mich ein wenig mit ihr versöhnt. Vielleicht gehe ich hin. Irgendetwas fasziniert mich an dieser Frau und an ihrem Werk.»

«Hallo Ben, übers Wochenende begann ich zu lesen. ‹Nichts› haut mich nicht vom Hocker. Doch ich muss sagen, ich verstehe manchmal diese skandinavischen Autoren auch nicht. Philosophisch finde ich nicht viel Neues. Was aber auffällt, ist das Gewaltpotenzial. Es gibt doch all diese Krimis aus dem Norden – Mankell, etc. –, die viele so gerne lesen. Ich habe mich einmal an einen gewagt, konnte aber nichts damit anfangen. Dieses Düstere, Nihilistische ist nichts für mich! Da bin ich einfacher gestrickt. Meine Welt ist eine sonnige. Aber wer weiss, vielleicht kommt die Sonne ja doch noch zum Vorschein auch im ‹Nichts›?»

«Gut, dass wir Südländer sind, zwar nördlich der Alpen zuhause. ‹Vielleicht kommt die Sonne ...›, meinst du. Ist die Hoffnung nicht auch ein Teil unseres sonnigen Gemüts? Und übrigens: Das neue Buch von Janne Teller trägt den Titel ‹Krieg – Stell dir vor, er wäre hier›. Nein, das mag ich mir nicht vorstellen. Warum hat diese Frau nur ein solches Echo?! Das ist die Frage, die ich beantwortet haben will, und ich möchte auch wissen, was die jungen Leute an der Uni, wo die Autorin auftritt, dazu zu sagen haben. Mit dieser Absicht, falls ich gehe, gehe ich hin. Du wirst von mir hören, wenn ich dort gewesen bin. Und noch etwas zum Interview in der Zeitung: Zuletzt wird Janne Teller gefragt, ob das, womit wir uns beschäftigen, nicht Luxusprobleme wären im Vergleich mit dem, was sie in

Afrika sah. Dort stelle ja der Besitz eines Buches und die Fähigkeit zu lesen schon einen Luxus dar. Die Autorin gibt zur Antwort, dass das mündliche Erzählen und die Musik in Afrika die gleiche Rolle spielten wie die Literatur bei uns. Und wörtlich fährt sie fort: ‹Ich glaube, dass zwischen unseren Seelen und der Realität, die uns umgibt, eine Art Graben besteht. Wir alle brauchen etwas, um diesen Graben zu überbrücken: Geschichten. Ob Sie diese Geschichten lesen, hören oder singen, ist nicht so wichtig. Wichtig ist nur, dass es sie gibt.› Ob das die Lösung für das Rätsel ist, das diese Frau umgibt? Am Mittwoch weiss ich mehr, falls ich zur Lesung gehe.»

«Hallo Maren, ich war da, habe Janne Teller gesehen und gehört. Eine grosse Frau mit sanfter Stimme, die so gar nicht zur brutalen Geschichte passt. Auch strahlen kann sie, wenn sie spürt, dass die Geschichte ankommt. Was Janne Teller macht, macht sie mit Freude, das war offensichtlich. Was ‹Nichts› und ‹Krieg ...› anbelangt, hat mir der gestrige Abend auch Erkenntnisse gebracht. Sie sind mir nicht so wichtig. Dass ich den Menschen hinter der Geschichte sah, hat für mich Bedeutung. Womit ich wieder beim ‹Nichts› anlange, wo es um die Suche nach Bedeutung geht. Und dabei fällt mir gleich noch eine Geschichte ein, die ich selbst vor Kurzem erlebte. Ich erzähle sie dir gern. Und sollte ich sie irgendeinmal aufschreiben wollen, würde ‹Kleine Welt› oder ‹Platz der Freiheit› daraus:

Es war am Freitag, 11. Februar im Jahr 2011, um 18.11 Uhr, als Mubarak abdankte. So stand es in der Zeitung. Ich sass im Kino in diesem Moment. Nur kurz das Ganze. Eine technische Panne, die auf die Schnelle nicht zu beheben war, setzte dem Film nach zehn Minuten ein

Ende. Bei uns ein kleines Malheur, in Ägypten schrieben sie Geschichte. Freitagabend, wie gesagt, und am Samstag dann die Zeitung. Von einer Künstlerin war die Rede. Die Frau blickt zurück und meint, dass für den Erfolg auf dem Platz der Freiheit der Moment entscheidend war, als das Regime die Verbindungen im Internet zu stören und zu kappen begann. Sie, die jungen Leute, seien dann hinausgegangen ins Quartier. Sie zogen von Haus zu Haus, von Tür zu Tür, und klopften bei Menschen an, die sie zuvor nicht kannten. So wuchs die Bewegung von Tag zu Tag. Das Resultat ist uns bekannt. – Sag, Maren, ist es nicht wunderbar, was dort geschah? Dass einer alles macht, um die Macht für sich zu erhalten, und dabei, unbewusst und ungewollt, die Menschen zusammenführt, die die Freiheit fordern für sich und für ihr Land! ‹Be connected!›, sagtest du, sei das Zeichen der Zeit, das die Jungen verstanden hätten. Du hast offensichtlich recht. Be connected! Im Netz und auf der Strasse, auf dem Platz der Freiheit auch. Be connected! Und die Welt wird klein. – Übrigens: Weisst du, welchen Film ich schauen wollte, im Kino, als in Ägypten der Umsturz geschah? ‹Small World›, kleine Welt, mit Gerard Dépardieu. Und weisst du, wovon das neue Buch von Janne Teller handelt, das mit dem Titel ‹Krieg ...›? Vor dem Krieg bei uns fliehen wir nach Ägypten. Ausgerechnet Ägypten! Eine Prophetin ist diese Autorin auch. Sie schrieb ihre ‹neue› Geschichte im Jahr 2001. Da bleibt mir nur noch zu sagen: Nichts kommt immer wie immer. Manchmal kommt es auch anders, Prophezeiung hin oder her.»

34.

Heimwärts

Betreff: Mitten aus dem Leben

Hallo Ben, du darfst. Aus dem Leben heraus. Ohne Schnörkel! Alles andere ist Beilage.

Einer meiner Lieblingssätze ist: «Die Wahrheit darfst du jedem zumuten.» Egal, wessen Wahrheit es ist. Ich habe gerade ein Buch zu lesen begonnen, das den schönen Titel trägt: «Es gibt keinen Weg, es gibt nur das Gehen». Die Autorin spricht von der individuellen Lebensreise, aber auch von der Reise der Menschheit von Afrika nach Norden. So wäre es doch im Einklang und Rhythmus, wenn nach Tausenden Jahren Nomadentum die Reise der Menschheit wieder zurück an ihre Wiege geht. Und wieso nicht in Ägypten ein erster Zwischenhalt? Und dann weiter südlich, heimwärts.

Liebe Grüsse

Maren

AW: Mitten aus dem Leben

Danke Maren.

Heimwärts!

Das hast du schön gesagt. Ja, so funktioniert es, das Erzählen und das Leben.

Herzlich

Ben

35.

Eine Liebesgeschichte

Betreff: «Leben & Bewegen»

Liebe Maren, «wenn einer eine Reise tut ...»

Du weisst schon, was ich meine. Wir waren in Rom. Du als begeisterte Lateinerin warst sicher auch schon dort. Ein Wunder von einer Stadt! Ich meine zu verstehen, was das geflügelte Wort bedeutet, wonach alle Wege nach Rom führen – «... und auch wieder weg von dort», habe ich selbst auch schon gesagt. Nachdem ich in Rom war, ist mir klar geworden, dass es nicht leicht fällt, von dort wieder wegzukommen. Aber davon ein anderes Mal.

Zurzeit geht es mir um etwas anderes. In den Römer Tagen ist bei mir der Entschluss gereift, dass ich mein Erzählen in der «Leben & Bewegen» jetzt zum Ende bringe.

Aus den Geschichten, die ich für die «Leben & Bewegen» schrieb, entsteht zurzeit ein Roman. Es entsteht eine wunderschöne Geschichte. Wirklich wunderschön! Ich übertreibe nicht, dieses Mal wirklich nicht!

Das Manuskript «Flugjahre», das ich dir gab, kannst du den Schnetzler runter lassen. Nicht, dass dieses «Flugjahre» nicht stimmt, es wird irgendwann erscheinen. Vorher aber braucht es einen Roman, damit sich die Leserinnen und Leser für das Leben des Autors interessieren. Ich bediene mich eines Kunstgriffs. Oder wenn ich es anders sage: Ich halte die Leser zum Narren – ein bisschen auch mich selbst. Die Geschichten für die «Leben & Bewegen» sind zwar der pure Ben, aber ich füge sie zu einer Liebesgeschichte zusammen. Dreizehn Geschichten und je einen Brief dazu. Und dem Liebenden im Buch gebe ich meinen Namen. Er schreibt die Geschichten auch für seine Frau, aber er weiss noch nichts davon im Moment, da er sie verfasst. Das wird ein kleines Buch. Ein kleines, aber feines. Ein Teil des neuen Manuskripts liegt schon bei einem Verlag. Ich bin zuversichtlich, dass es dort oder andernorts klappt. Was derart organisch wächst, muss eine Fortsetzung finden.

Und nun meine Frage an dich die «Leben & Bewegen» betreffend: Bist du *jetzt* interessiert, das Erzählen dort auf deine Art fortzusetzen? Von mir sollen noch drei Geschichten erscheinen, alle drei sind schon geschrieben. Deine erste Geschichte, falls du willst und mit dem Herausgeber einig wirst, erschiene im nächsten Jahr im Frühling. Als Übergang wäre «Kleine Welt» ideal, da hast du schon mitgewirkt. – Aber wie gesagt: Entscheidend ist natürlich, was *du* willst. Würdest du wollen, würde ich deine Absicht in meine Mitteilung, dass ich aufhöre, einbeziehen. Ich würde bei dieser Gelegenheit auch das Thema Wert und Honorar ansprechen. Ich selbst schrieb, wie du weisst, ja ohne Entgelt. Statt weniger zu nehmen, als mir zustand, blieb ich lieber frei.

Also sag mir bitte bei Gelegenheit, ob du Interesse hast. – Vielleicht aber geht die besagte Rubrik mit meinem Ausscheiden zu Ende. Vielleicht gab es diese Rubrik nur für mich. Fast scheint mir, dass es so ist. Ich lege dir demnächst ein Exemplar des aktuellen Hefts in den Briefkasten, und meine neuste Geschichte dazu. Ich wünsche viel Spass beim Lesen. Ich zog wirklich «Das grosse Los» und das ganz unverhofft. Und tu bitte auch einen Blick ins Inhaltsverzeichnis. Seltsamerweise ist dort meine Geschichte schon rausgefallen. Wahrscheinlich ein Versehen der Abschlussredaktion. Versehen gibt es immer und gibt es überall. Nur manchmal, wie wir wissen, ist ein Versehen auch mehr.

Herzliche Grüsse
Ben

PS: Falls du dich auf die «Leben & Bewegen» einlassen möchtest, solltest du noch wissen, dass sie dort eine besondere Beziehung zum Humor haben. Sie haben Fachleute in Sachen Humor. Ich staune immer wieder, wie leicht es geht, wenn man nur will. Ich meine, aus jeder Facette des Lebens ein Konzept zu machen. Im neusten Heft gibt es «Die Geschichte der kleinen Flöte» des Clowns, der auch ein Altenpfleger ist. Eine Geschichte ist das nicht, auf jeden Fall nicht für mich. Der Mann schildert, wie er aus dem Erlebten sein Konzept herleitet. Als Clown muss dieser Mann ein anderer sein, sonst wäre er auch kein Clown. Wie sagt der Erzähler-Altenpfleger-Clown in seiner «Geschichte»: «Die Humorartikel für sich allein sind nicht lustig. Erst in der Art und Weise, wie wir sie verwenden, entstehen heitere, berührende, zuweilen lustige Momente.» Ich sage in meinem Sinn: Eine Geschichte ist eine Geschichte ist eine ... Aber wem, liebe Maren, wem sage ich das!

Das grosse Los

«Sie haben Glück», sagt die Frau und nimmt mir das Ticket aus der Hand. «Alle haben heute Glück, jedes Los ein Treffer!» Sie reicht mir Mantel und Schal.

«Wie könnte es anders sein, an diesem Ort, wo so viele Glücksbringer wirken.»

«Lachen sie nicht, so ist es», meint sie freudestrahlend. «Sie strahlen. Sie haben ihr Glück gefunden.»

«Da haben sie recht, und dabei wollte ich gar nicht kommen. Es geht mir jedes Jahr gleich. Nichts Neues, denke ich, jetzt habe ich alles gesehen, jetzt weiss ich es, und dann bin ich im nächsten Jahr trotzdem wieder da und werde erneut überrascht.»

«Dann auf ein Neues im nächsten Jahr, oder wann und wo auch immer!»

«Ich bin wütend!», ging meinem Glück voran. An einem Samstag, an meinem freien Tag. Es passte wunderbar, dass die «Leben & Bewegen», die neue, bei mir im Briefkasten lag. Wie immer will ich als Erstes wissen, wie meine Geschichte wirkt. Meine schöne Geschichte – gelebt, gefühlt, erdacht. Ich freue mich wie ein Kind. Nur dieses Mal ist es anders, meine Freude ist auf einen Schlag weg. Die Galle steigt mir auf wie die Lava im Vulkan. Ich kann nicht anders, ich muss. Ich hacke meinen Zorn in den Computer. An die Redaktion, die – schuldig oder nicht – ihren Kopf herhalten muss:

«Ich bin wütend! Es ist zum Heulen. Wir hatten eine Abmachung: Meine Texte werden nicht verändert, und ganz sicher nicht mehr nach dem Gut zum Druck. Und

179

jetzt das: SolistInnen, MusikerInnen, PhilosophInnen, KünstlerInnen, TouristInnen über TouristInnen. Warum nicht auch noch TouristInnenstrom. Wenn schon meine Geschichte verhunzt wird, dann bitte ganz. Nur keine halben Sachen! ‹Goldenes Licht› – diese Geschichte ausgerechnet – und dann das! Ich bin entsetzt. Frauenrechte in Ehren, aber bei meinen Geschichten geht es um Sprache. Meine Geschichten haben Rhythmus und Klang, oder sie haben keinen mehr, wenn sie zerfleddert werden. Wen bei der ‹Leben & Bewegen› hat hier der Teufel geritten?»

Postwendend erhalte ich eine Antwort. Der Redaktor drückt sein Bedauern aus, bestätigt die Abmachung, stellt Klärung in Wien in Aussicht, wo das Heft entsteht, und offeriert mir das Gespräch. Und dann an mich persönlich: «Mir fällt auf, dass es das erste Mal ist, dass ich dich so richtig emotional erlebe. ‹Ich bin wütend! Es ist zum Heulen. Ich bin entsetzt.› Wenn ich zurückblicke auf unsere vielen fruchtbaren Gespräche, dann habe ich schon Emotionen gespürt: Freude hier, etwas Schalk da, ein bisschen Empörung dort. Aber einen Ben, dem zum Heulen ist, einer, der entsetzt ist, ja sogar einer, der richtig wütend ist, das habe ich noch nie erlebt. Ich hatte immer das Gefühl, dass du in diesen Dingen abgeklärt darüber stehst, vielleicht geprägt von deiner professionellen juristischen Distanz, die ich so bewundere. Und – auch wenn der Fehler, der deine Emotionen mir gegenüber angestossen hat, nicht hätte passieren dürfen – vielleicht ist das genau der Anlass, der uns gemeinsam weiterbringt, wohin auch immer es geht. Lass uns diese Woche an einem Abend das klärende Gespräch führen. Nur heute Abend bin ich besetzt.»

Das Gespräch fand statt, und tags darauf schrieb ich an den geschätzten Herrn Redakteur: «Nachdenken heisse nicht umsonst nach-denken, sagst du. So habe ich nach-gedacht über die ‹etwas andere Geschichte›, die ich für die nächste ‹Leben & Bewegen› als Nachschlag liefern wollte, die Geschichte von der Wut. Ich tue es nicht. Ich könnte es nicht schöner sagen, als es die Schriftstellerin und Sozial-Fachfrau im letzten Heft schon sagte. Vom Malaise der Pflegemenschen sprach sie, die – korrekt, korrekt, korrekt! – sich in den Mühlen der Institutionen müde lächelnd aufreiben lassen. Sie sprach sich selbst in Rage: ‹Wenn sie wenigstens mal wütend werden würden!› Ich bin es geworden, das genügt. Einen Nachschlag gibt es nicht.»

Und dann einen Monat später, noch einmal an den Herrn Redakteur: «Die ‹Lebenskraft 2011› in Zürich – ein Fressen für einen Sucher! – ist Geschichte. Was davon bleibt, heisst ‹Das grosse Los›. Eine Garderobiere kommt darin vor und eine Frau in Wien, die mich beschenkte, gänzlich ungewollt. Ich war nicht beim Schamanen aus Grönland, von dem ich dir erzählte und der aus Erfahrung weiss, dass die Gletscher schmelzen, und auch nicht bei der Maya-Frau aus dem Stubaital. Ich ging zum hiesigen Dr. Bösch. Mehr dazu in ‹Das grosse Los›. Mir scheint, das wird die nächste Geschichte für die ‹Leben & Bewegen›. Bis wann musst du sie haben? ‹Ein Clown im Himmel› kann warten. ‹Ein Clown im Himmel› hat Zeit – jede Menge Zeit. Und weisst du, wie der Titel des Seminars am Samstag lautete? – Nein, du weisst es nicht. Wie könntest du es wissen! Ich, nicht du, war da. Aber du kannst es vielleicht ahnen. Der Titel lautete ... Du merkst, ich mache es *spannend. Der Titel also lautete ... Es ist zu schön, als dass ich es schnell erzählen kann. Aber jetzt, jetzt sage ich es doch. Das Seminar, das ich besuchte, lief unter dem Titel: ‹Spirituell durch Wut›. Tönt gut und war das auch. Etwas vom Besten vielleicht, das ich auf meiner langen Suche fand. ‹Ein Clown im Himmel› in der Version, die du schon hast, willst du bitte löschen. Wenn diese Geschichte erscheint, erhältst du sie neu mit einer Änderung, die ich dem Rhythmus zulieb vorgenommen habe. Aktuell geht es mir um die Frage, wann ‹Das grosse Los› spätestens bei dir sein muss. Wie lange habe ich Zeit?»*

«Ich bin in Transsilvanien. Mitten drin. Kalt ist es. Winter. Und heute hatten wir am Morgen blauen Himmel – völlig klar war es – und gleichzeitig hat es geschneit. Unglaublich, aber wahr. Es hat aus heiterem Himmel geschneit. Der Ruf von Transsilvanien hat sich bestätigt. Also auf die Kürze: Du hast zehn Tage, um aus der ‹Lebenskraft› zu schöpfen.»

«Zehn Tage sind genug. Es kommt, wie es scheint, alles zur richtigen Zeit. Und offenbar auch am richtigen Ort: Transsilvanien? Ist das nicht die Gegend, wo Graf Dracula wirkte? Schnee aus heiterem Himmel? Ist es das, auch das, was dich immer wieder nach Transsilvanien führt?»

Am gleichen Tag am Abend: «Zehn Tage sind nicht wirklich viel, habe ich gedacht und begann sogleich zu schreiben. Die Geschichte sollte reifen. Es ging recht schnell bis zu meiner Erkenntnis. Es bleibt bei ‹Ein Clown im Himmel›, und auch der Rhythmus passt. Da gibt es nichts zu ändern. ‹Das grosse Los› ist auch nicht falsch, aber es gehört dann in mein Buch, dort kann sich die Wut entfalten. In diesem Sinn habe ich inzwischen – wie du mir geraten hast – aus der ‹Lebenskraft› geschöpft. So wäre nun alles wieder eingerenkt, und nur eines tut mir noch leid: Ich muss vielleicht ewig warten, bis ich der Frau in Wien – oder war es gar ein Mann? –, die mir meine Wut bescherte, meinen Dank abstatten kann. – Oder übernimmst es vielleicht du? Ich bitte dich darum. Sag einen lieben Gruss und mein herzliches Dankeschön. – Und übrigens: Der Eskimo-Schamane an der ‹Lebenskraft› in Zürich, zu dem ich gehen wollte und schliesslich doch nicht ging, schlug seine Trommel und sang, um das Eis in den Herzen zu schmelzen. Sein Feuer hat auch mich erreicht, als ich im gleichen Haus nur ein paar Türen weiter mich in der Wut erging. – Und nun stelle ich mir die Frage: Ob es ums Gleiche ging, beim Schamanen und bei mir?»

36.

Mutter Erde

Betreff: Tag des Jüngsten Gerichts

Hallo Ben, danke für deine Zeilen. Wenn du von Rom sprichst, fällt mir das Buch ein, das ich eben erst zu Ende gelesen habe. Für einmal ein Thriller. Er spielt zum Teil in Rom. «The Doomsday Key» von James Rollins, die englische Originalausgabe. Es geht, wie der Titel sagt, um den Tag des Jüngsten Gerichts. Diese Geschichte weist weit zurück, von der Schwarzen Madonna, wie wir sie heute kennen, und der Marienverehrung zur dunkelhäutigen Göttin Isis und zur Mutter Erde. Dann handelt das Buch auch in Irland, wo Merlin eine Rolle spielt. Und so fällt mir auf, während ich dir schreibe, dass ich in letzter Zeit einige Bücher «religiösen» Inhalts – du weisst, wie ich das meine – gelesen habe. Eines war so etwas von durchgeknallt: «Jesus liebt mich», ein Roman von David Safier. Einfach zum Grölen. Sein Erstlingswerk, «Mieses Karma», war auch lustig. Das ist *meine* Art Humor! Von Humor sprachst du doch auch.

Aber wo war ich, ich schweife ab. Was wollte ich noch sagen? Natürlich, ja, du fragtest wegen der «Leben & Bewegen», und ich glaube, du kennst meine Antwort. Mir fehlt bei dem angesprochenen Publikum die Resonanz. Ich möchte nicht die Ruferin in der Wüste sein, und das wäre ich in diesem Fall. Da sage ich lieber: nein danke. Aber deine Geschichte, die neue, lese ich sehr gern.

Ich war übrigens eine Woche in Malta. Das ist auch ein interessantes Pflaster, ein Schmelztiegel der Kulturen: Arabisch trifft auf Europäisch, eine Schnittstelle. Und zurzeit befassen wir uns ja alle sehr intensiv mit dieser Schnittstelle. Ob Malta nordafrikanisch oder südeuropäisch ist, ist eine Frage der Perspektive. Doch das ist es ja eigentlich immer und ist es überall.

In diesem Sinn wünsche ich dir einen schönen Sommerabend

Maren

AW: Tag des Jüngsten Gerichts

Hallo Maren, ja, du hast recht, ich kannte deine Antwort die «Leben & Bewegen» betreffend. Oder anders gesagt: Deine Antwort überrascht mich nicht, sie ist mir aber hilfreich. Sie zeigt mir, dass ich richtig entschieden habe. – Man spürt es, aber man möchte es auch noch wissen. *Mann* möchte es wissen. Danke für deine Hilfe.

Im Übrigen steckt einiges in deinen Zeilen, über das nachzusinnen sich lohnt. Ich lasse mir ein wenig Zeit. Du hörst oder liest gelegentlich wieder von mir. Und ja, den schönen Abend hatte ich. Genussvoll im Garten.

Herzliche Grüsse

Ben

Betreff: Malta

Liebe Maren, ich habe nachgedacht, und hier das Resultat: «The Doomsday Key» von James Rollins gibt es hoffentlich auch auf Deutsch. Das käme mir gerade recht, nach Umberto Eco's «Das foucaultsche Pendel», in dem ich es schon bis Seite 500 geschafft habe. Nur noch

300 Seiten bis zum Schluss! Ein Kompendium der okkulten Verrücktheiten – und noch einiges mehr. Für Eco scheint das Rätsel gelöst, für mich bis jetzt noch nicht. Vielleicht wird es das nie sein – für mich – und das wäre gut so, weil: ohne Rätsel? Wäre das nicht öd?

Und Malta und Mutter Erde? Schnittstelle zwischen Nord und Süd, sagst du. Erinnere ich mich richtig, dass es dort diesen Urmutter-Kult gab, der vielleicht nur bei mir so heisst? Mir kommt diese kleine Frauenfigur in den Sinn, die sie auf Malta fanden. Frau mit Schwerkraft, Bodenhaftung pur.

Südnorden oder Nordsüden? Und zugleich auch Westosten und Ostwesten? Der Süden vom Norden, der Norden vom Süden, der Westen vom Osten, der Osten vom Westen. Trifft alles auf Malta zu. Kurzum: die Mitte, mitten im Mittelmeer. So warst du in der Mitte!

«Malta» sagten, als ich Kind war, die Italiener auf dem Bau, wenn sie Mauern bauten. Bedeutet «Malta» also Pflaster oder Mörtel? «Malta» als das, was verbindet, was den Steinen ein weiches Bett gibt im Moment, da man – Mann auch – sie aufeinander schichtet, damit Häuser daraus entstehen?

In Malta waren ja auch die Kreuzritter seinerzeit? – Also Malta als der Ort, wo sich die Balken kreuzen? Bis sich die Balken biegen?

«Das grosse Los»: Du hast meine Geschichte inzwischen gelesen, nehme ich an. Das ist eine singuläre Geschichte, das ist mein Kuckucksei. All die anderen Geschichten, die ich für die «Leben & Bewegen» schrieb, stehen auch in meinem Roman, dem ich den Titel «Ich liebe dich ... oder die Geschichte vom goldenen Licht» geben will. In diesem Sinn: Nur scheinbar eine einsame Sache, weil der Austausch mit den Leserinnen und Lesern mit Verzögerung noch folgt.

«Ja, wir können Ihr Manuskript gerne prüfen», gab mir der Agent gestern zur Antwort, dem ich meine Sache vorgestern vorgestellt habe. Läuft also gut zurzeit.

Herzliche Grüsse

Ben

AW: Malta

Hallo Ben, danke für deine Zeilen. Das mit der Urmutter habe ich nicht (mehr) gewusst. Das stimmt. Was für ein «Zufall»! Ich lese ein Buch, in dem es um die Schwarze Madonna und ihre VorfahrInnen(!!!) geht und befinde mich in Malta. Danke für den Hinweis.

Und noch kurz, ich muss gleich weiter: Danke auch für deine Geschichte. Aus Wut wird Mut, und plötzlich adressierst du die «lahmen Säcke» (entschuldige meine Ausdrucksweise!) direkt in deinem Text. Das finde ich toll. Mich nervt das auch mit diesem BürgerInnen, FahrerInnen etc. Ich kriege jedes Mal Schreikrämpfe. Doch vielleicht gibt es jetzt Resonanz auf deinen Text. Ich bin gespannt. Und wenn es denn Resonanz gäbe, würde doch auch die Anerkennung folgen und vielleicht auch endlich mal ein angemessenes Honorar. So macht es doch direkt wieder Spass, zu schreiben. Eventuell sollten wir da doch mal was in unserem Pingpong-Stil verfassen??? Zu zweit die Leser ein wenig pro-vozieren. Aus ihren Sesseln locken. Die LeserInnen natürlich, um es korrekt zu sagen. Das ist jetzt nur mal vor-gedacht, weil: nach-denken kann jeder! Jede selbstverständlich auch.

Also, bis zum nächsten Mal. Es gäbe noch viel zu erzählen.

Herzliche Grüsse

Maren

AW: Malta

Hallo Maren, ich rechne nicht damit, dass es Resonanz gibt auf meine Geschichte. Resonanz auf eine Geschichte passt nicht ins Konzept. Sie haben auch keine Leserbriefe. Also wäre es ein Wunder, wenn es doch geschehen sollte. Für Wunder, wie du weisst, bin ich aber offen.

Und ja, unser Pingpong als Buch dereinst wäre eine gute Sache. Als Buch, hast du doch gemeint?

Herzliche Grüsse und ein schönes Wochenende!

Ben

37.

Versuche über das Leben

Betreff: Placet

Hallo Maren, noch einmal und nur kurz: Ich drückte auf «Senden», meine Mail an dich ging weg, und in diesem Moment hat es gedonnert. Nur einmal und nicht laut, nur im Hintergrund und nur für den bestimmt, der es hören will und kann. Mir kam es so vor, als ob einer sein Placet sprach. Wer es war, weiss ich nicht, muss ich auch nicht wissen. Wie du weisst, habe ich die Rätsel gern.

Herzlich und auf ein anderes Mal

Ben

Betreff: Unvernunft

Hallo Maren, ich war in Zürich im Kino. Was ich gesehen habe, kann ich aufs Wärmste empfehlen. «Tinguely», ein wunderbarer Film für Menschen, die viel von Geschichten halten. Diese unglaublich absurden Maschinen. Total sinnlos! Wunderbar sinnlos! Einfach unvernünftig. Und wie dieser Tinguely strahlt! Und wie er schelmisch seine Spiele treibt! Das ist grosse Kunst. In gewissem Sinn ist es auch Lebenskunst, auch wenn ich das «Familienleben» dieses Künstlers betreffend meine Vorbehalte hätte. Andererseits: Was geht es mich an? War ja seine Familie, und war seine Gesundheit, mit der er Schindluder trieb.

Rosa ist, wie du vielleicht weisst, zurzeit in Vancouver. David besuchen, zusammen mit Sina und Marijke, Mutter und Tochter, unsere holländischen Freunde. Ein Frauentrip also, und wir Männer bleiben zu Hause. Ich hatte mir vorgenommen, in dieser Woche an meinem Roman zu schreiben. Wusste noch nicht, als ich es mir vornahm, dass der Roman zwei Wochen früher schon fertig würde. Er heisst jetzt «ich – dich – auch» und nicht mehr «Vom goldenen Licht». Das wird mein erstes Buch, das hoffentlich bald erscheint.

Und wenn ich jetzt von «Tinguely» schwärme, dann hat auch das mit meinem Buch zu tun, überhaupt mit meinem Schreiben. Du weisst, dass ich mich in der «Leben & Bewegen», wo meine Geschichten erscheinen, einen Sinnsucher nenne. Und jetzt rede ich der Sinnlosigkeit das Wort! Das ist kein Widerspruch, sondern eine logische Konsequenz. Wer sucht und sucht und sucht, findet irgendwann den Ort, wo er verweilen möchte, vielleicht bis ans Lebensende, oder er erkennt, dass das Suchen nur dann wirklich Spass macht, wenn es ein endgültiges Finden nicht gibt. Sonst wäre das Suchen zu Ende. Eine Katastrophe wäre das für einen Sucher wie mich. Suchen als Versuchen, immer und überall, das ist es, was mich reizt. «Versuche über das Leben» könnte ich meine Geschichten in diesem Sinn auch nennen. «In diesem Sinn», weil alles seinen Sinn haben muss, auch wenn es sinnlos ist. Wofür denn sonst die Kunst?! Was wir zur Kunst erklären, ist gebändigte Unvernunft.

Übrigens kam mir gestern in Zürich in einem Antiquariat ein interessantes Buch in die Hände. Ich kaufte es und freue mich auf die Entdeckungen, die ich darin machen werde. In Wangen im Allgäu an der Volkshochschule gab es 1984 – Orwell irrte sich zum Glück! – eine Veranstaltung mit Michael Ende und Joseph Beuys. Da ging es um genau die Themen, die mich jetzt beschäftigen. Die Gespräche zwischen den beiden Künstlern ergaben das Buch, das mir gestern in die Hände kam. Wieder einmal war ich zur richtigen Zeit am richtigen Ort. Und wie wir also sehen, macht einmal mehr alles wieder Sinn.

Und dann bin ich gespannt, was der vielgelobte Film uns bringt, der gerade die Goldene Palme in Cannes gewonnen hat: «The Tree of Life». «Religiös» und «spirituell», «fast esoterisch» sind Attribute, die diesem Film in der Presse zugeschrieben wurden. Das Leben werde erklärt und Gott bewiesen – nichts weniger! –, heisst es auch. Ich bin gespannt und freue mich auf den Versuch, den ein anderer in diesem Sinn unternimmt.

Herzliche Grüsse

Ben

PS: Es hat sich in diesem Sinn(!) gelohnt für mich, dass ich zu Hause blieb, statt auch nach Kanada zu reisen. Stell dir vor, ich wäre auch gereist! Ein anderer hätte mir das schöne Buch in Zürich vor der Nase weggekauft. Stell dir das nur vor!

Betreff: Kunst

Hallo Ben, Joseph Beuys hat einmal gesagt: «Durch Menschen bewegen sich Ideen fort, während sie in Kunstwerken erstarren und schliesslich zurückbleiben.»

Das hat mir imponiert. Beuys ist, glaube ich, in meinem Matura-Jahr gestorben. Ich erinnere mich noch vage. Weiter meinte er: «Meine Kunst ist Befreiung», oder so irgendwie. Also sich von etwas zu befreien, als Künstler, und nicht um alles in der Welt ein Werk – materiell – zu hinterlassen. «Hinterlassen» ist auch ein interessanter Ausdruck. Hinter mir lassen. Die anderen können sich daran die Zähne ausbeissen, wenn sie wollen, mich geht es ja nichts mehr an.

Interessant, dass du von Tinguely sprichst. Ich habe ihn sehr bewundert, früher. Vielleicht eben, weil sich seine Kunst bewegt(e), und sie nicht erstarrt(e). Seine Lebenspartnerin Niki de Saint Phalle hat mich noch mehr beeindruckt mit ihren riesigen Nana-Figuren. Weiblichkeit und Erotik pur, die Frau mit ihrer Urkraft. Und gerade gestern hörte ich in «Schweiz Aktuell», dass es eine Ausstellung mit ihren Werken in Freiburg gibt.

Eine andere Person, die mich heute noch fasziniert und die ich vielleicht auch in der Ecke Tinguely/Beuys sähe, ist Friedensreich Hundertwasser. Er hat mal gesagt: «Nur wer schöpferisch denkt und lebt, wird überleben im Diesseits und im Jenseits.»

Kunst, schöpferisches Sein oder Tun, als (Über-)Lebensstrategie? Vielleicht gegen die Sinnlosigkeit? Ich habe letzthin einige Zeilen über mich selbst verfasst und las da mit Erstaunen: «Lebenskünstlerin». Also passen wir beide – auch du – auch ich – in die Gesellschaft dieser Damen und Herren und scheinen uns hier wohlzufühlen.

Ich habe nicht gewusst, dass Rosa in Vancouver ist. Ich habe sie und David vor seiner Abreise noch getroffen, da hat sie vielleicht erwähnt, dass sie ihn besuchen wird. So ist sie an ihrem Geburtstag also nicht da?

Herzliche Grüsse

Maren

38.

Schamane durch und durch

AW: Kunst

Hallo Maren, nein, sie ist nicht da am Geburtstag. Wir feiern, wenn sie zurückkommt. Sie ist auch nicht per Handy zu erreichen. Ihr Handy tut es nicht in Kanada, wie sie überrascht zur Kenntnis nehmen musste.

Gut, dass du an die Ausstellung in Freiburg erinnerst. Im Fernsehen sah ich einen Bericht darüber und dachte, ... und dann hatte ich es schon wieder vergessen. Wäre das wieder einmal etwas für einen Ausflug für uns? Rosa, du, ich, und vielleicht hat auch Lena Lust? Es muss ja nicht immer der «Balsam» sein oder ein ähnliches Kaliber. Überhaupt habe ich das Gefühl, es ginge für mich immer mehr um die Künstler. Das Geistig-Schamanische ist in der Kunst dabei. Oft spielt es bei den Künstlerinnen und Künstlern eine zentrale Rolle, nur nehmen es viele nicht wahr.

Beuys zum Beispiel war ein Schamane durch und durch, Hundertwasser auch. Oder wenn ich an die Feuer- und Sprengaktionen von Tinguely und Niki de Saint Phalle denke. Das waren Rituale mit Kraft. Sprengen in der Wüste Nevada! Wilhelm Reich hat in den Wüsten seine Regenkanone installiert. Auch Reich war ein Künstler, auch wenn er es Wissenschaft nannte.

Tinguely war übrigens für seine Frau «der Drache». Im Film kannst du es sehen, im Film, den ich dir empfahl.

Den Drachen meine ich, den Jean Tinguely tanzt. Mir fallen die Drachenkräfte ein, von denen die Geomanten reden und die sie in der Erde erspüren. Oder nehmen wir den Luginbühl mit seinen Stahlskulpturen, er kommt im Film auch vor. Oder den Bruno Weber in Dietikon und seinen Fabel-haften Park, den ich noch nicht gesehen habe, aber bald besuchen will. Mein Steuerberater hat sein Geschäft in Dietikon. Ist es nicht sinnig und stimmig, dass ich immer wieder, wenn ich mit den Steuersachen zu tun habe, mich an den Künstler Weber erinnere, wie auch an seine Kunst? – Der Weber und der Spinner?! Ich meine den Lebensfaden.

Jetzt lese ich «Schweiz Aktuell» bei dir, beim Wiederlesen. Natürlich, das war es, was ich sah. Also gestern war das, erst gestern? Im Fernsehen gestern, sagst du? So schnell geht es mit dem Vergessen. Und gut, dass du mich erinnerst.

Und Gunst gegen Sinnlosigkeit?, stellst du die Frage. – Ja, schon, aber zugleich auch gegen den Sinn und für die Unvernunft. Herrlich unvernünftig! Der Nana-Engel am Zürcher Bahnhofsdach ist alles andere als vernünftig. Er lässt träumen und lässt staunen. – Gunst schrieb ich statt Kunst, wie ich beim Wiederlesen erkenne. Also Gunst, günstig, gönnen! Also gönnen wir uns die Kunst!

Ich wünsche dir einen schönen Abend. Jetzt gehe ich eine Runde joggen.

Herzliche Grüsse

Ben

AW: Kunst

Hallo Ben, ja, gönnen wir uns die Kunst und nutzen die Gunst der Stunde. Ein jeder auf seine Art, eine jede auf ihre Weise. Wobei: das Aufteilen in Männlich und Weiblich macht mir ein wenig Mühe. Müssen wir immer noch in dieser Polarität leben? Männlein oder Weiblein? Sind wir nicht immer irgendwie beides? Niki de Saint Phalle schreibt den Drachen ihrem Mann zu. Aber Hausdrachen sagt man doch auch und meint dann ... Du weisst schon, was *Mann* damit meint.

Als ich noch ein Kind war – kann ich mich erinnern –, habe ich einen Film über Atlantis gesehen. Damals war das für mich unvorstellbar: Die Menschen in diesem Film hatten alle ein und dasselbe Geschlecht. Erst später kam die Geschlechtertrennung dazu. Je älter ich werde, umso mehr merke ich, wie wir die Welt und das Leben durch dieses Trennen verkomplizieren. Separation statt Integration. Konflikt statt Harmonie.

Ich merke auch gerade, dass ich mich wieder einmal mit dem Thema Atlantis auseinandersetzen möchte. Es hat mich als Kind fasziniert. Da waren diese Menschen, in dem Film! Die konnten sehen, was die anderen Menschen dachten. Der ganze Film handelte von Licht und Liebe. Und heute? Ich hänge diesem Traum von Atlantis immer noch nach: Licht und Liebe, Hellsehen, Polaritäten auflösen, aus Standpunkten Schritte machen. Das sind alles Themen, mit denen ich mich beschäftige.

Wir können gern wieder einmal einen Ausflug zusammen machen. Lena ist für fast alles zu haben. Schauen wir spontan, was passt. Übrigens war ich beim Weber vor vielen Jahren und war begeistert von seinem

Skulpturenpark. Ich war noch am Studieren in Zürich und dachte mir: «Schön für ihn! Er lebt seinen Traum, und ich armes Schwein muss zurück an die Schule und büffeln!»

In der Zwischenzeit ist dort sicher viel Neues entstanden. Da ginge ich gern wieder einmal hin.

Überhaupt gibt es so viel Neues, das entsteht zurzeit. Ver-rücktes auch, und doch bekommt es eine Stimme. Eine Strassenmusikantin geht für die Schweiz an den Eurovision Song Contest. Unser Bundesrat ist für den Ausstieg aus der Atomenergie, die deutsche Regierung auch. Diktatoren, kleine und grosse, werden am Laufmeter zu Fall gebracht. Eigentlich freue ich mich über die bewegte Zeit, in der wir leben. «Eigentlich» schreibe ich und denke, dass ich dem noch nachgehen muss. – Aber jetzt ist genug mit Philosophieren, die Welt ruft. Wie hiess es im Raumschiff Enterprise so schön: «Erde an Scotty!»

Liebe Grüsse

Maren

AW: Kunst

Hallo Maren, «Erde an Scotty!» hast du geschrieben zuletzt, und am Anfang: «Ja, gönnen wir uns die Kunst und nutzen die Gunst der Stunde.»

Eigentlich hatte ich die Absicht, eine Woche lang an meinem Roman zu schreiben, während meine Sekretärin und Ehefrau in Kanada weilte. Eigentlich ... Doch es kam anders, weil ich zwei Wochen zuvor mit dem Roman schon fertig war. So beginnst du halt mit deinem zweiten Buch, habe ich mir dann gedacht, und genau so ist es gekommen: Ich war im Kino, habe Bücher gekauft, mit dir gemailt und habe nachgedacht über Sinn und Unsinn. Jetzt kann ich mit dem Schreiben beginnen, es wird «Erde an Scotty» heissen. Danke für deinen Tipp. Ich schreibe ein Plädoyer für den Wert der Unvernunft.

Die folgenden Bilder sollen mich begleiten: Niki de Saint Phalle, die mit Sprengstoff im Handgepäck über den Atlantik fliegt, während ein Unbekannter auf dem Sitz neben ihr raucht und raucht und raucht. Sie kann ihm schlecht sagen, er solle es bleiben lassen, sie sitze auf Dynamit. Und dann das zweite Bild, eigentlich eine Serie von Bildern: Niki und Jean, das Künstlerpaar, vergraben Bomben im Boden der Wüste Nevada und jagen ihre Kunst in die Luft.

Herzliche Grüsse

Ben

39.

Die Kraft der Fantasie

Betreff: Fantasie

Hallo Ben, tönt gut: Nicki und Jean auf der Reise durch deine Geschichte. Aber wenn ich dich wäre, würde ich noch einen weiteren Kumpanen mitnehmen: den Bruno Weber, «fantastischer Realist und Architekt seiner Träume», wie er sich selber nennt. Du selbst hast ihn ins Spiel gebracht. Lena und ich waren gestern spontan in seinem Park.

Einfach wunderschön! Es ist so my(s)tisch dort!!

Es gibt dort auch einen kleinen Film über den Künstler. Ist allerdings schon etwas älter. Da sagt der Künstler selber, dass er schwer einzuordnen sei in ein Genre. «Mythenbildner» wäre vielleicht noch eine Bezeichnung, die ihm gerecht würde, meint er. Und wie er die Gegensätze beschreibt! Er da oben auf dem Weinrebenberg, den er verwandelt hat in seine Zauberwelt, und unten die Silhouetten der Städte Dietikon und Spreitenbach, auf die er schaut. Und er stellt etwas spitz die Frage, wo das Leben humaner sei. Ich kann es nicht wirklich beschreiben. Du musst es selber sehen und selber spüren.

Liebe Grüsse

Maren

PS: Unvernunft würde ich noch genauer definieren, dann hat es mehr Kraft. Zum Beispiel: Unvernunft gleich

Fantasie, was ein Plädoyer für den Wert der Fantasie ergäbe. Oder was auch immer DU unter Unvernunft verstehst.

AW: Fantasie

Hallo Maren, danke, dass du mir den Träumer von Dietikon in Erinnerung gerufen hast. Da gehe ich ganz sicher hin und lasse mich inspirieren. Das Gute liegt so nah, wie sich immer wieder zeigt. Ist es nicht ein schönes Gefühl, einen solchen Ort in seiner Nähe zu wissen?! Den Weinrebenpark meine ich. «Mythenbildner» ist wunderbar gesagt. Mit Bildern Mythen schaffen. Ich fühle mich mit dem alten Weisen auf dem Berg über dem Limmattal schon lange verbunden, obwohl ich noch nie bei ihm war. Auch der Rebell in ihm ist mir sympathisch. Der Rebell, der sich an die Grenzen des Rechts nicht hält, wenn er seine Kunstwerke schafft und sie in die Landschaft stellt.

Wenn das jetzt nicht passt?! Anwalt und Rebell?

Unvernunft gleich Fantasie, auch da hast du recht. Genau so soll es sein. Aber das nur unter uns gesagt, weil: Definieren will ich nicht. Genau das will ich nicht. Finis ist doch die Grenze. De-finieren hat folglich mit Grenzen setzen zu tun. Die Fantasie aber kennt keine Grenzen, auch dort nicht, wo aus Träumen Wirklichkeit wird. Auch da fühle ich mich mit dem Bruno Weber verwandt. Das Resultat bei ihm ist der mystisch-mythische Garten.

Apropos Garten: Ein arabisches Sprichwort lautet: «Ein Buch ist wie ein Garten, den man in der Tasche trägt.»

Die Frage nach dem besseren Leben, die der Künstler Weber stellt – bei ihm auf dem Berg oder unten in der Stadt? –, muss ich nicht beantworten. Ich schreibe meine Bücher und schaffe auf diese Art ein paar handliche Gärten, die man mit sich trägt, wenn man zum Beispiel in den Wohntürmen in Spreitenbach lebt. Nicht jeder hat einen Berg, auf dem er der Fantasie freien Lauf lassen kann, aber jeder hat eine Tasche, in die ein paar Bücher passen.

In diesem Sinn: Danke noch einmal für deinen Tipp und noch herzliche Grüsse

Ben

PS: Und dann wollte ich noch ein wenig gegen den Stachel löcken. Es wurmt mich immer wieder, wenn ich an die Bücher-Macher denke, die definieren, definieren, definieren und mein Werk dann draussen halten, ausserhalb der Grenzen, die sie setzen. Aber mir will der Löck-Versuch nicht mehr richtig gelingen, weil: Liegt es vielleicht an mir zuallererst, dass ich mir selbst die nötige Freiheit gönne, auf dass die Bücher-Welt, in die ich will, auch eine freiere wird? Ich weiss, ich frage nur rhetorisch.

Betreff: Zauberwelten

Hallo Maren, da bin ich noch einmal, nur kurz. Es ist schon witzig, wie wieder, wie so oft, die Dinge zusammenpassen. «Bruno Weber» googelte ich und «Weinrebenpark», um darüber noch mehr zu erfahren, und so bin ich nach Gersau, in meine alte Heimat gelangt, ins Dorf meiner Kindheit am Vierwaldstättersee. Dort im

Kurpark haben sie vor einer Woche die Ausstellung «Zauberwelten Bruno Weber» eröffnet. Es erinnert mich an das Sprichwort: «Wenn der Prophet nicht zum Berg kommt, kommt der Berg ...» Aber das ist ja altbekannt.

Herzliche Grüsse

Ben

40.

Im Paradies der Kindheit

Betreff: Verbotener Garten

Hallo Maren, du hast mich auf eine wundersame Fährte gesetzt mit dem Künstler Bruno Weber, seinen Skulpturen und seinem Park.

Auch mit dem Park in Gersau. Du musst wissen, dass der Kurpark, von dem ich sprach – was heute Kurpark ist – der verbotene Garten meiner Kindheit war. Direkt neben unserem Haus verlief eine hohe Mauer, die den Park und die Villa umgab. Stell dir vor, was das für uns Kinder bedeutete! Wer Mut hatte, stieg über die Mauer und stahl von den Früchten, die dort wuchsen. Ich war nicht einer der Mutigen, und sportlich genug, um hinüberzukommen, war ich auch nicht. Aber trotzdem habe ich das Gefühl, ich sei einmal drin gewesen. Aber vielleicht war ich das auch nicht.

Heute steht der Park für jeden offen und aus der Villa ist das Rathaus geworden. Rosa und ich haben geheiratet in diesem Haus.

Jetzt spinnt mein Computer. Ich muss aufhören. Irgendwie scheint sich da etwas zu wehren gegen die Geschichte, die sich entfaltet. Wieder einmal pure Magie, auch wenn es die Technik ist. Fantastischer Realismus, wie du auch noch sagtest.

In diesem Sinn: Noch einmal besten Dank für deine wertvollen Anregungen und auf ein anderes Mal.

Herzliche Grüsse

Ben

PS: Ich will senden, aber es geht nicht. Habe keine Ahnung, was da los ist. Ich werde den Versuch ein anderes Mal wiederholen.

Betreff: Verbotener Garten

Jetzt hat es doch noch geklappt. Aber der Computer spielt weiter verrückt.

41.

Nur eine kleine Geschichte

Betreff: «Erde an Scotty»

Hallo Maren, allmählich werden meine Vorstellungen konkret, wie es gehen kann mit unserem «Erde an Scotty». Ich mache den Anfang. Irgendwann demnächst beginne ich zu schreiben, und dann hörst du irgendwann von mir. Irgendwann, unverhofft, erhältst du, was ich schrieb, zum Lesen, und dann lasse ich mich überraschen, was bei dir entsteht. Ich weiss nicht, was es sein wird, aber irgendwie habe ich das Gefühl, dass deins und meins zusammenpassen.

Apropos Zusammenpassen: Synchronizität heisst es bei C.G. Jung, und von Jung las ich gestern in der Zeitung. Da hat jemand an der Zürcher ETH seine alchemistische Bibliothek durchforscht. Jung selbst habe in der Alchemie des Mittelalters die Wurzeln seiner Psychologie des Unbewussten erkannt. Wenn sie solche Dinge an der Technischen Hochschule erforschen, dann ist das bemerkenswert. Es geschieht sozusagen ein Wunder. In der Hochburg der Naturwissenschaften befassen sie sich mit Magie. Wo Architekten und Ingenieure ausgebildet werden, studieren sie auch Träume. Was daraus wohl noch wird? Architekten ihrer Träume? Fantastischer Realismus? Künstler und Wissenschaftler näher, als man annimmt?

Und apropos Zusammenpassen: Mein Büropartner weilt von heute bis Sonntag in München. Er fragte mich nach Tipps, die ich ihm gern gab. Von Dachau erzählte ich auch. Einen Abstecher nach Dachau machten Rosa und ich, als wir – drei Jahre ist es her – das erste Mal in München waren. Im Februar war es, an einem strahlend schönen, aber bitterkalten Tag. Kalt bis auf die Knochen und bis ins Mark hinein. Was wir dort erlebten, nährte in mir den Wunsch, eine Dachau-Geschichte zu schreiben, die die Herzen erwärmt. Ich habe diese Geschichte geschrieben und ich glaube, sie ist mir gelungen. In meiner Geschichte geht es um die Gärtnerei, in der die KZ-Häftlinge sich an Blumen, Kräutern, Gemüse und Salat zu Tode arbeiten mussten. Unmöglich, sagst du, dass eine solche Geschichte herzerwärmend wird. Da hast du recht, und doch: Ich glaube, ich habe es geschafft. Ich glaube es zumindest. Nur eine kleine Geschichte schrieb ich. An eine grosse, in diesem Kontext, hätte ich mich nicht gewagt. Lies es bitte selbst, wenn du es lesen magst.

Und apropos Zusammenpassen: Der 12. Mai in diesem Jahr war es, als ich die Geschichte schrieb. Ich weiss das Datum noch genau, ich kann es eruieren. Als nämlich die Geschichte fertig war, machte ich mich noch schlau. Ich googelte «Dachau KZ Gärtnerei» und staunte. An diesem Tag genau berichtete BR-online über «Himmlers Kräutergarten – Biologisch-dynamische Versuche im KZ Dachau».

Aus einem Buch einer Volkskundlerin mit Namen Daniella Seidl wurde zur KZ-Gärtnerei zitiert: «Es ist auch nicht nur ein wichtiger Ort für die Menschen, die dort gestorben sind und dort ausgebeutet wurden, sondern es ist letztendlich auch ein wichtiger Ort, wo die Verstrickung von Naturheilkunde und Anthroposophie und biologisch-dynamisch und Nationalsozialismus sich so wirklich schön zeigen lässt, das hat sich wirklich manifestiert und zusammengefunden, und wir haben das grosse Glück, dass noch viel da ist, man kann das sehen, man kann dahinein gehen, man kann das spüren, diesen Ort noch.»

Wie alles zusammenpasst! «… man kann das spüren, diesen Ort …» Mich erinnert es auch an unsere Exkursionen in geomantischen Dingen. Ist ja auch belastet aus der Nazizeit, das Rätsel der Geomantie, und trotzdem ist es wertvoll. Nur, wie wollen wir verhindern, dass es bei Gelegenheit von Neuem pervertiert. Mir scheint, dass Jung dazu etwas Wichtiges gesagt hat. In seiner Autobiographie habe ich es gelesen. Ganz inniglich appellierte er an die Leserinnen und Leser, dass man, wenn man der Macht des Bösen nicht verfallen will, auch dem Guten nicht verfallen darf. Auch der Idealismus sei ein Gift, wenn man ihm verfalle. So ist es mir in Erinnerung geblieben, und so habe ich es verstanden. Aber ob Jung es tatsächlich so meinte? Dem Sinn nach, meine ich schon. Mir scheint, es könnte das gewesen sein, was er aus Erfahrung lernte.

Nicht verfallen also, ja? Soll ich nun Jung studieren, bis ich mir sicher bin? – Nein, das will ich nicht. Mir ist es genug für den Moment, dass ich die Fragen habe: Dem Guten nicht verfallen und der Idealismus als Gift? Will heissen, dass wir nüchtern bleiben, immer sachlich schlicht? Kein Funken Begeisterung? Das wäre kein

Leben für mich. Wie gehe ich aber mit meiner Begeisterung idealerweise um? Mir scheint, es gibt nur eines, das in dieser Hinsicht hilft ... Nur eines? Ich glaube schon und weiss zugleich, dass das, was mich zur Antwort führt, mein Idealismus ist und meine Begeisterung.

Herzliche Grüsse

Ben

PS: Lies also, Maren, wenn du magst, die Geschichte, die ich dir im Anhang schicke, und sag mir bei Gelegenheit, was du davon hältst. Darf ich das so schreiben? Darf ich auf diese Art erzählen, was ich erlebte in Dachau? Wie ich es erzähle, so habe ich es gespürt.

Nie wieder Krieg!

Zweimal waren wir bis jetzt in München und einmal kurz auf der Durchfahrt. Das erste Mal im Winter 2008. Um Mitte Februar war es, zur Zeit der alljährlichen «Münchner Sicherheitskonferenz». Das war aber Zufall. Von der Konferenz wussten wir nichts, als wir die Reise planten. Und in der Stadt bekamen wir vom Konferenzgeschehen nur ganz wenig mit. Die prominenten Teilnehmer blieben unter sich. Der Tagungsort wurde grossräumig abgesperrt. Was wir aber sahen, war eine Tausendschaft von Polizisten und waren die Demonstrationen auf dem Marienplatz. Deutsche Truppen im Ausland! Für die Protestierenden war es Kriegstreiberei, und für die Geostrategen im «Bayerischen Hof» war es unausweichlich, eine Notwendigkeit. Aber davon verstehe ich wenig, und darum geht es mir nicht. Es gehörte einfach dazu, zu unseren Tagen in München: Polizisten über Polizisten. Auf dem Platz waren die Protestaktionen erlaubt. Sobald sich aber ein Zug von Demonstranten formierte, in der Absicht, an den Konferenzort zu marschieren, griffen die Ordnungshüter ein. Wir fühlten uns sicher. Wir waren Touristen am Puls der Zeit, derweil um ein paar Ecken Weltpolitik geschah.

Mir kam dabei in den Sinn, und ich habe auch Rosa daran erinnert, dass wir in jungen Jahren auch selbst Demonstranten waren. Im Frühling 1982 standen wir, nein gingen wir in Bern in einer Menschenkette an der amerikanischen Botschaft vorbei. War das ein Erlebnis für uns! Eine Menschenkette, kilometerlang. Was für ein schönes

Bild! Und ein gutes Gefühl dabei. Wir mit Tausenden Menschen verbunden und alle mit dem einen gleichen Gedanken: «Nie wieder Krieg!»

Natürlich hatten wir auch Angst. Wir fürchteten, der kalte Krieg könnte ein heisser werden. An jenem Tag aber herrschte die Freude vor, da waren wir so stark! Wir gingen Hand in Hand, um die Welt zu retten. Und vielleicht leisteten wir tatsächlich einen Beitrag dazu, dass ein paar Jahre später der Eiserne Vorhang fiel. Aber heute kommt es mir nicht mehr darauf an, ob es so oder anders war, Hauptsache, der Vorhang ist weg. Und gefallen hat mir damals auch, wie Ina Deter sang, am Ende der Menschenkette. Eines ihrer Lieder blieb mir im Herzen hängen und natürlich auch im Ohr. Also Ina Deter sang – sie rief oder schrie es mehr: «Neue Männer braucht das Land!»

Aber wie gesagt: Das mit der Konferenz war Zufall. Kein Zufall war aber Dachau, da wollte ich unbedingt hin. Ich sagte es schon zu Hause, und Rosa war einverstanden. Wir waren beide noch nie an einer Gedenkstätte des Holocausts gewesen – oder der Schoah, wie die Juden sagen. Nach Dachau wollten wir, alles andere blieb offen. Wir liessen den Füssen freien Lauf, und so kamen wir am ersten Tag in München an einem kleinen Museum vorbei. Im Stadttor, im Turm zuoberst, wurde an Karl Valentin und Liesl Karlstadt erinnert, mit Filmen, Fotos, Texten und Requisiten. Das machte Spass, und Weisheit, zu meinem Erstaunen, fand ich auch. Zwei Sprüche habe ich entdeckt. Ich notierte sie mir, um sie nicht zu vergessen.

Valentin der Weise sprach: «Mögen hätten wir schon wollen – aber dürfen haben wir uns nicht getraut!» Und: «Es ist schon alles gesagt, nur noch nicht von allen.»

– Was soll ich dazu noch sagen? – Ich halte es mit Valentin und sage: Alles schon gesagt, nur noch nicht von mir.

Und wie gesagt: Dachau war kein Zufall. Karin Birnstiel hiess die Frau, die uns über das Gelände und durch die Gebäude führte. Sie muss eine Jüdin sein, dachte ich, mit diesem Namen. Eine Verwandte vielleicht von Menschen, die im KZ umgekommen sind. Das war sie aber nicht. Ich stellte ihr die Frage nach dem Namen, als wir nach dem Rundgang und nach dem erschütternden Film noch mit Frau Birnstiel sprachen. Die Frau kam uns nah. Einen Packen Fotos hatte sie dabei. Ein paar davon hat sie uns gezeigt: Bilder von Überlebenden des KZ, die Jahre später sich am Ort des Grauens wiedertrafen. Frau Birnstiel wurde traurig, als sie auf Menschen zeigte, die inzwischen verstorben waren. Sie hat mit diesen Menschen an diesem Ort bei deren Wiederkehr Schmerzliches und Schönes erlebt. Es entstanden Beziehungen daraus, die sie und diese Menschen über Jahrzehnte pflegten. Aus Überlebenden wurden Freunde. Eines dieser Bilder ist mir in Erinnerung geblieben: Frau Birnstiel, wie sie tanzt mit einem Mann, der als Kind das KZ überlebte. Geschäftsmann in Ungarn sei er geworden, und oft seien er und seine Familie nach Dachau zurückgekehrt. Was mich berührte, als Frau Birnstiel von diesem Mann erzählte, war der Umstand, dass sie strahlte. – Aber was sage ich Umstand, so banal. Strahlen ist in diesem Fall ein Wunder.

Dann hatte sie auch noch Fotos von der Gärtnerei dabei, in der die KZ-Insassen Kräuter und Blumen pflanzten. Die heutige Stadtgärtnerei liege in der Nähe, es sei nicht weit von hier. Wenn wir Zeit hätten, sollten wir doch auch dort noch vorbeischauen, wo die Gefangenen arbeiten

211

mussten. Die Gärtnerei mit Plantagen und Gewächshäusern – allesamt verfallen und verbuscht – war Frau Birnstiel ein Anliegen, das spürte man. Das Gelände dort liege seit Jahrzehnten brach. Man wisse nichts damit anzufangen. Kommerziell nutzen wolle und könne man es nicht, aus Gründen der Pietät. Was man sonst damit machen könnte, werde diskutiert. Ideen seien da, aber nichts davon konkret.

Während ich erzähle, verspüre ich den Wunsch, wieder einmal nach München zu fahren. Dann planen wir Dachau noch einmal ein. Keine Führung dieses Mal, sondern ein Gang durch die wilden Gärten. Oder vielleicht ist in der Zwischenzeit etwas Neues an diesem Ort entstanden. Wir lassen uns überraschen. Sollte das Gelände noch immer Wildwuchs auf Ruinen sein, dann träumen wir das Neue. Ich für meinen Teil sage schon hier und jetzt, dass es mit den Menschen zu tun haben soll, die mit den Überlebenden tanzten und mit den Überlebenden weinten. Wer die Erinnerung auf diese Weise pflegt, hat es auch selbst verdient, dass man sich an sie erinnert. Kräuter und Blumen sollen blühen, da und dort auch Bäume, und einen Ehrenplatz in meinem Park – ein Pavillon in der Mitte – erhalten Frau Birnstiel und ihre Freunde, mit Geschichten und mit Fotos. – Und ist, wer weiss, mein Traum dereinst gebaut, dann fahre ich noch einmal hin, um im Park zu träumen.

42.

Stirb und Werde!

Betreff: Selige Sehnsucht

Hallo Ben, es gäbe viel zu sagen zur Nazizeit, ich habe mich einmal intensiv damit befasst und war im Lager Theresienstadt. Doch eigentlich möchte ich diese Zeit lieber ruhen lassen, merke ich jetzt grad. Ich habe in den Zellen die Schreie der Menschen gehört und auf dem Exekutionsplatz die Schüsse. Es läuft mir gleich wieder kalt den Rücken hinab. Erfahrungen, die Menschen ein halbes Jahrhundert vor mir gemacht haben, sind in meinen Körperzellen gespeichert. Ist nicht alles mit allem und jeder mit jedem verbunden?

Was ich aber aufnehmen möchte, ist die Berg- und Talfahrt zwischen Leiden und Idealismus. Diese wilde Fahrt kenne ich gut, aus meinem eigenen Erleben. Doch ich bin mir nicht sicher, ob all dieses Leiden nötig ist, damit ich auch das Schöne erlebe. Ich bin mir nicht sicher, ob dieses Auf und Ab wirklich, wirklich sein muss.

Doch andererseits, wenn ich es recht bedenke: Eines meiner Lieblingsgedichte in der deutschen Literatur ist «Selige Sehnsucht» von Goethe. Vor allem natürlich die berühmte letzte Strophe:

Und so lang du das nicht hast,
Dieses: Stirb und Werde!
Bist du nur ein trüber Gast
Auf der dunklen Erde.

Es spielt auch hier das Licht mit dem Dunkeln, die Wärme mit dem Kalten, und um die Zeugung geht es – und um die Verbindung von allem. Also das Böse und der Idealismus gehören tatsächlich zusammen. Und das ist gut so. Denn eigentlich sind sie ein- und dasselbe. Im Bösen ist der Idealismus enthalten – und das ist tröstlich – sowie auch umgekehrt. Und Trost hat mit Trauen zu tun, und ebenso mit Vertrauen. Und die Erde gehört zu Scotty, wie Scotty zur Erde gehört.

Herzlich
Maren

AW: Selige Sehnsucht

Liebe Maren, zu dem, was du mir sagst, wäre so viel zu sagen, und trotzdem sage ich nichts, weil: Da steckt viel Schönheit drin, die ich nicht zerreden möchte. Nur eines sage ich dir: Mit deinen Worten hast du mich berührt. Das ist es, liebe Maren, was ich mit «Erde an Scotty» will. Ich bin schon fest am Schaffen. Aber habe bitte Geduld, es wird noch ein bisschen dauern, bis ich meinen ersten Teil in deine Hände geben kann.

Ich danke dir von Herzen und wünsche erleuchtete Pfingsten.

Herzliche Grüsse
Ben

PS: Katholisch ist wirklich praktisch! Viel praktischer als der Buddhismus. Jahr für Jahr für Jahr, immer wieder im Frühling – du musst nichts dafür tun, nur einfach kommen lassen – kommt der Moment der Erleuchtung.

PPS: Und noch etwas, das ich nicht für mich behalten kann: Du wirkst wieder kräftig mit an meinem Schreiben. Vorne in den Büchern steht doch immer ein tiefsinniger Satz von einem möglichst Grossen. Man nimmt den Satz in sein Werk hinein in der Annahme und in der Hoffnung, dass sein Glanz auch das eigene Werk erhellt. Der Satz, der bis jetzt am Anfang von «Erde an Scotty» stand, wollte mir nicht richtig gefallen. Jetzt weiss ich, welcher andere Satz an seine Stelle kommt. Es ist Goethes «Stirb und Werde», nichts weniger und nichts mehr.

Betreff: «Erde an Scotty»

Hallo Maren, «Sonne, Mond ...» – «... und Sterne» singen sie im Schlager. Mir aber geht es um das Dreigestirn, zu dem die Erde gehört und das uns, gute Sicht vorausgesetzt, heute Abend ein nächtliches Schauspiel bereitet.

Mit «Erde an Scotty» bin ich übrigens schon weit. Die Pfingsttage waren ergiebig. Ich staune, was sich vor meinen Augen entfaltet. Ich denke, du staunst dann auch. Mehr will ich nicht verraten.

Nur so viel für den Moment:

Es will mir irgendwie scheinen, dass das Himmelsgeschehen von dieser Nacht zu «Erde an Scotty» passt. Also heute Abend Mondfinsternis schauen!

Und du, Maren, schaust du auch?
Herzliche Grüsse
Ben

PS: Apropos Mondfinsternis: Wenn die Erde ihrem treuen Trabanten vor der Sonne steht, was bitte zeigt uns das? Hast du eine Idee?

Epilog

Betreff: «Erde an Scotty»

Hallo Maren, ein paar Wochen ist es her, als ich dir schrieb: «Jetzt weiss ich, wie es geht mit unserem ‹Erde an Scotty›», und dann begann ich mit dem Schreiben. Die Geschichte wuchs, sie hat sich Tag um Tag ergeben. Entfaltet hat sie sich auch. Es ging mir wie beim Rosenstock im Garten. Im Winter ist er kahl und unscheinbar, aber im Frühling und im Sommer staune ich Jahr für Jahr, wenn sich Blüte um Blüte öffnet.

Einen ersten Teil solltest du erhalten, damit du weiterschreibst – und jetzt ist die Geschichte ganz. Auch das hat mich erstaunt. Sag, Maren, ist das ein Problem für dich? Für mich ist es das nicht, weil ich weiss, dass die Maren in der Geschichte viele Facetten hat, die verborgen bleiben. Wie könnte es anders sein! Eine Geschichte ist eine Geschichte, sie wird dir kaum gerecht. Aber trotzdem, ich bitte dich: Ändere und ergänze, wo es arge Fehler hat, aber ändere nicht zu viel. Und denke bitte daran, dass ich auch das Bild von mir gern retuschieren möchte. Ich möchte mich erklären und lasse es trotzdem bleiben, weil es letzte Klarheit nicht gibt.

Ich grüsse dich herzlich
Ben

PS: Nur einen kleinen Nachtrag erlaube ich mir noch. Um den Satz geht es, der zuvorderst steht, von Henry David Thoreau. Dieser eine Satz steht immer vorne drin, wenn ich zu schreiben beginne: «Was vor uns liegt und was hinter uns liegt, sind Kleinigkeiten im Vergleich zu dem, was in uns liegt, und wenn wir das, was in uns liegt, in die Welt hinaustragen, geschehen Wunder.» Wie gesagt: Er steht am Anfang, wenn ich schreibe. Nach und nach räumt dieser Satz den Platz, bis ich zu guter Letzt andere Worte finde, die zur Geschichte passen. Ich dachte schon, ich hätte diese anderen Worte gefunden mit Goethes «Stirb und Werde». Aber manchmal kommt es anders – anders, als du denkst. So hat sich dieses Mal, obwohl ich nun am Ende bin, kein neuer Satz ergeben, und darum stelle ich, liebe Maren, dir die Frage: Ob es am Ende um Endes «Momo» geht, von dem – von der wir sprachen? Kennst du aus «Momo» einen Satz, der an den Anfang von «Erde an Scotty» passt?

Danke

Ein grosses Dankeschön an Maren.
Ohne Maren gäbe es «Erde an Scotty» nicht.

Auch du hast geträumt,
als du ein Kind warst,
auch wenn du es nicht
mehr weisst.

Vom gleichen Autor
bereits erschienen.

«... Echtheit. Authentizität. Schönheit. Das, genau das ist es, was ich suche in meinem Leben: Momente, die sind wie dieser. Und ich bin sicher, diese Ausstrahlung schlummert in jedem Menschen, wenn er das findet und das tut, was seine Berufung ist. Lass uns Wege finden, diese Ausstrahlung immer wieder zu entdecken.»

Ben glaubt an den Wert der Träume, und er liebt Geschichten über alles. Er erzählt seinem Sohn, wie aus dem Traum seine Wirklichkeit wurde.

Ein zauberhaftes Buch, das den Wert des Lebens feiert.

Mehr dazu unter www.bküttel.ch
Printbuch ISBN 978-3-906095-63-9
erhältlich im Buchhandel & www.spiritfeger.ch
E-Book bei Amazon, iTunes & in vielen weiteren Shops